役目を終えた悪役令嬢なのに、
溺愛ルートに入るなんて聞いてません
瀬尾優梨
Yuri Seo
イラスト　憂

CHARACTERS
エミリ
乙女ゲームのヒロインで、
まっすぐで心優しい男爵令嬢。
デルフィーナのことを慕っている。
セドリック
ドラゴンを乗りこなす優秀な竜騎士。
理想の王子像で
人気の高い攻略キャラの一人。
デルフィーナを見初めて求婚するが、
本当の目的は…？

デルフィーナ
乙女ゲーム『クローバーに愛を』に転生した悪役令嬢。
破滅エンドを回避し晴れて自由の身になるものの、
前世の推しであるセドリックに突然求婚されて…!?
ニコラス
王子。攻略キャラの一人。
デルフィーナとは
円満に婚約解消した後も、
気さくに言葉を交わす仲。

「では今度は、こちらの番です」
セドリックはフォークを手に「どれにしようかな」と迷った末に、
ピンク色の小さなケーキを選んだ。
「……美味しい、です」

役目を終えた悪役令嬢なのに、溺愛ルートに入るなんて聞いてません！

瀬尾優梨
Yuri Seo
イラスト 憂

目次

序章　婚約破棄の裏側にて

「デルフィーナ。本日を以《もっ》て、君との婚約を解消する」

ローレン王国の王都に位置する、アナスタシア学院。王国内の貴族と平民が共に勉学に励む学舎の大ホールでは本日卒業式が挙行され、その後にパーティーが執り行われていた。

美しく着飾った卒業生と在校生、その他の関係者たちが集まるホールに、凛とした声が響く。歓談や食事をしていた者たちはただならぬ空気を察して、声のした方を見やった。

ホールの中央付近に、三人の男女がいる。並んで立つ男女のうち片方の名は、誰もが知っていた。

黒髪はきっちりと整えられており、眼鏡をかけている。今年度の卒業生の中で首席に選ばれた、ローレン王国の第一王子であるニコラスだ。彼はピンクベージュの髪を持つ小柄な少女と並んで立ち、正面にいる背の高い女性と向き合っている。

「デルフィーナ。君はもう既に、ケンドール伯爵令嬢ではない。よって、僕たちの婚約関係を継続することはできない。……わかってくれるな」

「ええ、もちろんでございます、殿下」

デルフィーナ、と呼ばれた令嬢は落ち着いて答える。

豊かに波打つ赤茶色の髪に、ルビーのごとき色合いの瞳。絶世の美女だと誰もが認める容姿だが、その装いはベージュ色の飾り気のないドレスだけという、華やかなパーティー会場に不似合いなほど地味なものだ。

彼女はニコラス王子と同い年の十八歳で、この卒業式を以て学院を卒業する――はずだった。

「ケンドール伯爵家は、父の悪行により取り潰し処分を受けました。わたくしは学院長様のご厚意で卒業式の見学を許されましたが、本来ならばこの学舎に足を踏み入れることもできぬ身。そんなわたくしでは、殿下の妃にはなれません」

「すまない、デルフィーナ。君は、心を鬼にして実家の断罪を行ったというのに……」

「謝罪はなしですよ、殿下。それにあなたが謝ってしまわれては、エミリさんもお困りになるでしょう」

そう言ってデルフィーナは、ニコラスの隣に立つ少女に視線をやる。彼女は下級生なので、卒業生の証しであるコサージュを胸につけていない。

落ち着いたキャメル色のドレスを着た少女はデルフィーナの視線を受けてぐっと面を上げ、表情を引きしめた。

「デルフィーナ様。私にはまだ、ニコラス様の妃になれるほどの力がありません。ですが必ずや恥のない淑女になって、ローレン王国を守る国母となります！」

「ええ。そうして強く前を向けるあなただからこそ、ニコラス殿下に見初められたのよ」

デルフィーナは微笑み、ニコラスに視線を戻してから優雅にお辞儀をした。

「本日はご卒業、おめでとうございます、殿下。婚約解消の件、承りました。エミリさんとどうか、お幸せに」

「ありがとう、デルフィーナ」

ニコラスは指先で眼鏡をくいっと持ち上げてからエミリの肩を抱き、会場に集まる者たちの方を向いた。

「皆、聞いてくれ！　私、ニコラス・スペンサー・エルドレッドは、デルフィーナとの婚約を解消し、新たにエミリ・コーネル男爵令嬢と婚約する！　この件は、国王陛下ならびに王妃殿下もご承知のことである。未熟な私たちだが……必ずや、ローレン王国をより繁栄させてみせる！」

王子の宣言に、最初は勢いに呑まれていた者たちが次第にざわめき始める。そして、パチパチパチ……と拍手が起こり、あっという間にそれは会場を震わせるほどになった。

決意を新たにした王子と、華奢な雰囲気ながらも強い意志を感じさせる眼差しをした、男爵令嬢。そんなふたりの隣では――

（……あぁー！　やった、ついに、やったわ！　断罪エンド回避、完了ー！）

元伯爵令嬢・デルフィーナが慎ましい笑顔の下で、勝利の雄叫びをあげていたのだった。

＊　＊　＊

デルフィーナ・ケンドールには、前世の記憶がある。

伯爵令嬢としての生を受ける前の彼女は、ここことは別の世界で生きていた。ローレン王国とはまったく違う文化が栄える、近代化した街。そこで彼女は雑貨屋の店員として生計を立てていた。

（つきぃぃぃぃ！　あの客、本っ当に腹が立つ！）

夜の繁華街を、彼女は早足で歩いていた。朝の段階で綺麗にセットしていた髪はぼさぼさで、化粧もよれている。だが、今は身だしなみを整える時間すら惜しい。

（……やった！　間に合った！）

重い仕事用鞄を担いだ彼女が向かったのは、ビルの一階にある電器屋。そこに駆け込んで閉店の音楽が鳴る前にと必死で売り場を歩き――そして、【本日入荷！】の棚に置かれていた商品を見つけて、ぱあっと満面の笑みになった。

（あった！　『クロ愛』リメイク版！　しかも、初回限定特典付き⁉　最高！）

急ぎそれを購入して店の外に出た直後、閉店の音楽が鳴った。店員がシャッターを下ろす脇で、彼女はそそくさとパッケージを開封する。中に入っていたのは小さな正方形のソフトのみだが、それを見ただけで胸の奥からどっと多幸感が湧いてくる。

（ついにこの日を迎えられた。十五年ぶりにリメイクされた、『クロ愛』！　厄介な客のいびりに耐えた甲斐があったわ）

客が彼女を名指しして文句を言ってこなければもっと早くゲームが手に入ったのだが、それはいいとして。

『クローバーに愛を』通称『クロ愛』は、平成初期――彼女が生まれるよりも前に発売された、恋愛シミュレーションゲームだ。魔法の類いはないけれどドラゴンのような生物がいる、ヴィクトリア朝イギリスくらいの世界が舞台になっている。

ストーリーはいわゆる王道で、主人公が淑女教育を受けながら個性豊かな攻略対象たちとの仲を深めていく。子どもの頃、いとこに貸してもらったのを熱心にプレイしたものだ。

そうして本日、『クロ愛』のリメイク版が発売された。このためだけにゲーム機本体を買い、既に家で充電も完了している。明日から三日間の休みを取っているので、存分にプレイする予定だ。

（リメイク版は攻略対象キャラの掘り下げがされていたり、追加エピソードがあったりするっぽいし……誰のルートから始めようかな。やっぱりオリジナル版からずっと私の推しの、セドー――）

ゲームのパッケージを手にほくほくとしていた、のだが。

「危ない！」

「……え？」

誰かの悲鳴と、車のタイヤが立てるキキーッという耳障りな音。

顔を上げると、真っ白なライトによって視界が塗りつぶされ――

気が付いたら彼女は、『クロ愛』に登場する悪役令嬢、デルフィーナ・ケンドールに転生していたのだった。

一章　婚約破棄からの婚約

「……嘘よ。なんで、デルフィーナに転生しているわけ⁉」

ベッドに座り込んで手鏡を覗き込んでいるのは、豊かな赤茶色の髪を持つ美少女。名前は、デルフィーナ・ケンドール。ゲーム『クローバーに愛を』に登場する悪役令嬢。年齢八歳。つまり、私である。

私はかつて、日本《にほん》という国で雑貨屋の店員として暮らしていた。そしてあの日、困った客の対応にもめげず鉄壁の営業スマイルでなんとか一日を乗り切り、『クロ愛』リメイク版を購入した――と思ったら、歩道に突っ込んできた車に轢かれて死んだ、ようだ。詳しいことは覚えていない。

気が付いたら、『クロ愛』のライバルキャラに転生していたのだった。

「え、ええと、ええと。メモ、メモしないと……」

つい前世の癖でスラックスのポケットに手を伸ばしたけれど、ネグリジェ姿なのでそんなものはない。急いでベッドから下りて、デスクに向かった。まだ朝早い時間でメイドたちも起こしに来ないはずだから、今のうちに覚えている情報を書き出しておこう。

『クローバーに愛を』の主人公のデフォルトネームは、エミリ。元は平民だったけれど、かつて断絶したとされる貴族の末裔だったことが判明し、淑女としての教育を受けるために十歳の時にコーネル男爵家に引き取られて、養女になる。そして十六歳になった春に、ローレン王国の名門校であるアナスタシア学院に入学するところからストーリーは始まる。

アナスタシア学院は二年制で、学年ごとに身分と性別によって分けられた四つのクラスがある。貴族と平民が同じ学院で学ぶのってどうなの、と思うけれど、ゲームの設定だから仕方がない。

攻略対象となるキャラは、六人。王子、宰相の息子、騎士団長の息子、主人公の義弟、主人公専属の執事、隣国の皇子という王道の面子《めんつ》だ。

そしてゲームの中でライバルキャラとして立ちはだかるのが、悪役令嬢であるデルフィーナ・ケンドール。伯爵令嬢という身分の彼女だけど、実家は汚職に手を染めていたし本人は意地悪ばかりしてくるしで、卒業パーティーのイベントで断罪されてしまう。

「そういえばうちのお父様、なんかヤバいことに手を染めているっぽい？」

ただの女児だった頃にはわからなかったけれど、今思えば今世の父であるケンドール伯爵は、なにやら怪しげな連中とつるんだりやたら高価なものばかり買ったりしている。かつて二十代後半まで生きた記憶と経験からして、伯爵が汚職事件に絡むというのは間違いなさそうだ。

ついペンを握る手に力が入ってしまって、メリッ、とペンがか細い悲鳴をあげた。

ゲームでのデルフィーナは、主人公がどの攻略対象のルートを選んでも伯爵令嬢という身分を剥奪され、当然王子からも婚約破棄されてしまう。その後のことはナレーションでちらっと語られた程度だったと思うけれど、ろくな人生は歩めなかったと思う。

一度目の人生では待ちに待った『クロ愛』リメイク版をプレイできずに終わり、二度目の人生も断罪エンドなんて、絶対に嫌！

「なんといっても、断罪エンド回避！　そして、まったり生活を送る！」

その言葉を、ノートにでかでかと記す。

ゲームのデルフィーナのように断罪の後に追放されるのも、前世のように若くして事故死するのも、絶対に嫌だ。

私はベッドの上で天寿を全うするために、悪役ルートから逃れてみせる！

かくして前世の記憶を手にした私ことデルフィーナは、努力した。

まずは我が儘な性格を改善して、他人に優しく接するようにする。ゲームのデルフィーナはいかにもお高くとまった高慢ちきで嫌な女、って感じのキャラだった。でもいずれ現れる主人公と仲良くしたいし、断罪エンドから少しでも遠ざかれるようにしたい。

そして同時に父を汚職から助け出そうとしたけれど、これはうまくいかなかった。父は家族より仕事という人間で、自分がのし上がるためなら手段を選ばない人だった。娘と第一王子ニコラスの婚約を早々に取りつけるとあとは娘を顧みることはなく、政敵を排除し平民から平気で搾取するような人間になってしまった。

私は、父に忠告した。でも、父は「子どもは黙っていろ」と冷たく言うだけで、私の言葉に耳を傾けてくれなかった。デルフィーナを悪役令嬢に仕立て上げた諸悪の根源は、この父親なのではないかと思われる。

何度忠告してお願いしてもうるさそうににらまれるだけだから、私は父の説得を諦めた。ずっと前に妻を亡くしたショックで悪道に堕ちたということらしいけれど、更生の機会を踏み潰したのは父自身だ。

また私は第一王子ニコラスの婚約者として、当たり障りのないように振る舞った。私たちは、十歳の時に婚約した。ニコラスはもともとこの婚約を快く思っていなかったから最初、私に対する態度はきつかった。でも私が性格を改善し始めたことで彼も少しずつ態度を軟化させ、十六歳で学院に入学する頃にはぽんぽんと気さくに言葉を交わせる仲になっていた。

ちなみにこのゲーム、キャラの見た目と中身のギャップが激しい。第一王子ニコラスは品行方正な正統派王子様――ではなくて宰相キャラに多そうな黒髪インテリ嫌み眼鏡キャラだ。そして宰相の息子は、弟キャラに多そうな小悪魔系。騎士団長の息子は正統派王子様系と、あえて身分と見た目のイメージの組み合わせをごちゃ混ぜにしている。だが、そこがいい。

そういうことで、父親の悪事をつまびらかにするための準備をニコラスと一緒に進めつつ、学院の下級生として入学してきたゲーム主人公であるエミリとも仲良くして、学校活動や授業でも手を抜かず……という膨大なタスクをこなして、ついに！

　卒業式の約半月前に、私とニコラスはケンドール伯爵家の罪を明らかにした。その時になって父は真っ青になり、私をにらんで「親不孝者が……！」「おまえも道連れにしてやる！」と吠えてきたけれど、私は既にニコラスの信頼を得ていた。兵士たちに連れていかれる父を見送っても、まったく同情は湧いてこないし報復が怖いとも思わなかった。

　そして迎えた、卒業パーティー。ニコラスから婚約破棄を言い渡されるこのイベントにて、私は婚約解消という穏やかな形でニコラスとの婚約関係を終わらせることができたのだった。

　ゲームでは冷たい目で私を見下ろしていたインテリ眼鏡王子は、今は穏やかな眼差しだ。彼の隣に立つエミリも、私をまっすぐ見つめている。

　エミリは、いい子だ。私は悪役令嬢として、彼女の前に立ちはだかる壁であり続けた。エミリは私を超えるために努力して、才能を身につけ……そして見事、ニコラスの心を射止めた。

　皆からの祝福を受けたニコラスが、再び私の方を見る。眼鏡をくいっと押し上げた彼は、少し悲しそうな微笑を浮かべている。

「ここまで、長かったな。君と協力関係になろうと誓い合った十歳のあの日のことが、昨日のように思い出せる」

「わたくしは逆に、父を断罪するという決意を殿下に打ち明けたあの日が遠い昔のことのように思われます」

ふふ、と笑って応じると、ニコラスは「君はそうなんだな」と穏やかに頷いた。

「君のおかげで、この国の未来は明るいものになりそうだ。だが、君が貴族としての身分を失ったのは非常に手痛いことだな……」

「お気になさらず。むしろ、罪人を父に持つわたくしを寛大にお許しくださった両陛下や殿下の温情に感謝するばかりです」

私はもう、伯爵令嬢ではない。実家が没落したから、学院の貴族女子科にいられなくなり——退学となった。

今日も、卒業生である殿下のおまけという形でこの場に同席できたにすぎない。身分を失った令嬢が、貴族社会に長居することはできなかった。

でも、私はこれでいいと思っている。

「それで、前々からの約束ですが。わたくしの今後についてです」

少し鼻息が荒くなっている自覚はあるけれど、ここについては早めに詰めておきたい。

私はもう平民だから、悠々自適な貴族生活を送ることはできない。それに、いくらニコラスと協力したといえど私は罪人の娘だ。でも田舎でおとなしくまったり生活を送るくらいのことは許されるだろうから、今のうちにニコラスにお願いしておきたかった。

ニコラスは鷹揚に頷いた。

「ああ。君との計画はすべてうまくいったからな。君が言っていた通り、今後の過ごし方については王家からも協力と支援を――」

「……お待ちいただけますか」

朗々とした声が、割って入った。えっ、と辺りを見回す私たちに、殿下の隣に立っていたエミリが「あちらです」と声のした方を手で示してくれた。

私たち三人の近くによそ者はおらず、卒業生や来賓たちは少し離れたところからこちらを見守っている。その人垣を割って現れ、こちらにやってくる人がいた。

さらりとした金髪は癖がなく、ホールのシャンデリアの明かりを受けて柔らかく輝いている。すっと鼻筋が通っており、青い双眸は穏やかに凪いでいる。ローレン王国の成人貴族が式典の際などに着用する豪奢なジャケット姿の彼だけれど、胸に卒業生の証しであるコサージュはない。

その姿は、『クロ愛』で見たことがある。彼もまたニコラスと同じ、『クロ愛』の攻略対象のひとりだった。

少し絵柄が古くさかったオリジナル版でさえ彼のキャラデザは攻略対象の中でも抜きん出ていて、スチルも美しかった。実際に対面したその出で立ち、その雰囲気、その甘やかで端整な容姿はまさに〝優しい王子様〟そのもの。ただしこの国の王子は、私の正面にいるインテリ黒髪眼鏡である。

金髪に青い目の彼は私たちの前に来ると、すらりとした長身を優雅にかがめてお辞儀をした。

「このたびはご卒業、ならびにご婚約おめでとうございます、ニコラス殿下。ご歓談中のところ失礼しますが、デルフィーナ嬢にご挨拶をしてもよろしいでしょうか」

「セドリックか。君はデルフィーナと親しい間柄だったのか？」

「そういうわけではございません」

セドリックが柔和な微笑みを浮かべながら言うけれど、まさにその通りだ。

セドリック・シャーウッド。名門貴族の当主であるシャーウッド侯爵を伯父に持ち、父親は護衛騎士団長を務めている。彼自身優秀な騎士で、しかも王国でも数少ないドラゴンを乗りこなす竜騎士ということもあり有名だった。

騎士団長の息子といったら明るい細マッチョのイメージがあるけれど、このゲームにおける熱血キャラはエミリ付きの執事だ。熱血執事ってそれはそれでどうなのかと思うが、まあ置いといて。

セドリックは現在二十歳で、学院の卒業生。ゲームでは、ニコラスの護衛騎士として登場する。穏やかで柔らかい物腰、まさに理想の王子様といったキャラクターなので、かなりの人気を誇っていた。かく言う私も攻略対象の中ではセドリックがお気に入りで、リメイク版で彼の設定が掘り下げられるのを楽しみにしていた。

いやしかし、実物は本当に美形だ。オリジナル版はそこまで画質がよくなかったけれど、リメイク版ではこんな感じで彼の美々《びび》しさがよく伝わってきていたんだろうか。

ただ、今の私は悪役令嬢・デルフィーナ。結果としてエミリはニコラスを選んだけれど、彼女が誰と恋に落ちるかは最初の段階ではわからなかった。だからいくら前世の私がセドリック推しだとしても、ゲームはゲーム、現実は現実、と割り切ってセドリックのことは挨拶をするくらいの仲にとどめていた。

ニコラスは自分の護衛騎士相手だからか気さくな様子だけど、対する私の方はそうもいかない。だって、これまでほとんど関わりのなかった人だもの。いくらイケメン、いくら前世での推しでも、嬉しさより戸惑いの方が大きいというか……。

はっ。もしかして「元伯爵令嬢の分際で、ニコラス殿下に近付くな！」と威嚇してくるのかも？　セドリックは穏やかなキャラだけど、ニコラスへの忠誠心は本物だ。このまま会場からつまみ出されてしまったり……。

それは仕方のないことかもしれないけれど、まずはニコラスと話がしたい。私はこれから、のんびりしたいから田舎で悠々自適生活をさせてください……って、お願いしなければならないのだ。

セドリックが、こちらを見た。にっこり微笑む姿は優美で、ニコラスひと筋のエミリでさえじっと見つめているのが視界の端に見えた。

「ごきげんよう、デルフィーナ嬢」

「ごきげんよう、セドリック様。……わたくしはもう、ケンドール伯爵家の娘でもニコラス殿下の婚約者でもありません。ですから、セドリック様にご挨拶いただけるような身分ではございません」

なにを言われるんだろう、とどきどきしつつも、丁寧に応じる。するとセドリックは小さく笑った。

「ええ、存じています。この機会を逃してはならないと思い、馳せ参じたのです」

「……え？」

「デルフィーナ嬢」

す、とセドリックはその場に片膝をつき、手袋をつけた右手を自分の胸元に、左手を私の方に差し出した。

「ずっとお慕い申し上げておりました。……私と結婚していただけませんか？」

「……んぇ？」

つい、元伯爵令嬢あるまじき声をあげてしまった。

美貌の貴公子が、没落令嬢に求婚した。それも、『ずっとお慕い申し上げておりました』という熱烈な告白付きで。

……なんで？

呆然とする私をよそに、エミリが「きゃーっ！」と黄色い声をあげた。彼女はニコラスの腕を掴んでがくがく揺さぶり、「殿下！　これってどういうことなのでしょうか⁉」と大興奮で

ある。

　恋人にシェイクされるニコラスは最初こそぽかんとしていたけれど、やがて「なんだ。そういうことなら、もっと早く言ってくれればよかったのに」となぜか納得したように頷いた。

「セドリック。君はいつから、デルフィーナのことを好いていたんだ？」

「僭越ながら、デルフィーナ嬢が殿下の婚約者であった二年ほど前からでございます。臣下の身でありながらこのような浅ましい想いを抱いていたこと、心からお詫びいたします。罰ならばどうか、この私ひとりにお与えください」

「やめろ。私は君を罰するつもりはないし、学院入学よりも前からいずれデルフィーナとは婚約解消をすると約束していた。彼女のことは、大切な友人だと思っている。デルフィーナに想いを寄せていたことで、君を責めようとは思わない」

　ニコラスはそう言ってから、ちらっと私の方に視線を寄越して微笑んだ。

「……驚いたな。君、問題が解決したら田舎暮らしをしたいとか言っていたが、私の気付かぬところでセドリックの心を掴んでいたようだな。ああ、大丈夫だ。彼は、非常に頼りになるいい男だ。私が保証する」

「…………」

　……え？　既にニコラス、私がセドリックの求婚を受ける前提で話を進めていない？

　いや、よく見ると周りの人々も興奮したようにこっちを見ているし、「まあ、素敵！」「セドリック様が元伯爵令嬢を見初めるなんて、ロマンチック！」という声すら聞こえる。私以外の人間のほとんどが、セドリックを応援しているようだ。

「わぁ、素敵な話ですね！　デルフィーナ様がセドリック様と結婚されたら私、これからもデルフィーナ様と一緒にいられますね！」

エミリでさえ、頬を赤く染めてうっとりと言っている。確かに、次期護衛騎士団長の妻と王妃なら、一緒にいることもできるけれど……いや、待って！

「あ、あの、セドリック様！」

「うん、なにかな？」

「場所を移動しましょう」

ひとまずこの公衆の面前から脱出しましょうね！

私の言葉に、目を瞬かせたセドリックはふわりと笑った。

「……なるほど。照れて恥じらうあなたのかわいらしい顔を多くの人に見せるのは、私としても不満ですからね」

そうじゃない。言いたいのはそういうことじゃないけれど、ここから脱出できるのならもうなんでもいい。

私とセドリックはニコラスたちにこの場を任せ、ホールから退出することにした。だって今は、卒業式のパーティー中だし。皆様、大変お騒がせしました！

なんだか、「ええっ、返事が聞きたかったのに」「続きが気になるなぁ」なんて声も聞こえるけれど、無視、無視！

すれ違いざまにニコラスが「いい返事を期待している」とにやりと笑って言ってきたのにも、聞こえないふりをしておいた。


場所は変わって、学院の講堂のひとつ。

ホールでのあれこれを見ていた教師が、空き講堂を使うようにと提案してくれた。念のためにドアは開けておき、セドリックの護衛や学院で働いている使用人たちにも壁際に立ってもらったから、なにかが起こるようなことはない……はず。

学院側の厚意で、使用人が紅茶を淹れてくれた。ホールでは飲食ができなかったので、ありがたくそれをいただく。ほんのりと温かくて渋みのある紅茶が、とても美味しい。

少し落ち着いたところで顔を上げると、私の正面のソファには優雅な仕草で紅茶を飲むセドリックが。彼は、私の視線に気付いたのか顔を上げて微笑んだ。

うっ、イケメンの微笑……。

「それで……ああ、そうでした。求婚のお返事、お聞かせいただけますか？」

「そのことですが。わたくしはもう、ケンドール伯爵家の娘ではありません。ただの平民です」

「そのようですね」

「ですので、セドリック様のような御方がわたくしのような者に求婚するなんて、とんでもないことです」

「どうしてでしょうか？　強い恋情があれば、身分の差を超えられる。それを先ほどの会場で、ニコラス殿下とエミリ嬢が証明してくださったのでは？」

なるほど。王子と男爵令嬢が結ばれるのだから、侯爵家の令息と平民もオッケー……なわけないでしょう！

「しかしっ！　わたくしのような者がセドリック様と結婚だなんて、世間が許しません」

「この国の〝世間〟を取りまとめるニコラス殿下は、私の気持ちを応援してくださるようですよ？」

そういえばニコラスは、やけにセドリックを推していたな。

いや、私にだって、格好いい旦那様と結婚して幸せに暮らしたい、という夢がないわけではない。でも、私の中には前世平民として二十数年間生きてきた記憶と価値観がかなり強く残っている。

私の願いは、悪役令嬢としての役目を終えた後で田舎暮らしをして、そこで素敵な人と出会い平凡な家庭を築けたら……くらいのものだ。

そもそも攻略対象は主人公のものであり、悪役令嬢が横取りしていいものではない、という考えだ。それにいくらハイスペックイケメン攻略対象が相手でも、いきなり結婚なんて無理だ。

というか、こんなきらきらしい王子様キャラと結婚なんて、考えられない。

現実は現実、二次元は二次元、と割り切っていた私にとって、いきなり三次元化したゲームのキャラに結婚してください、と言われても受け入れるのは難しい。

背中をつうっと汗が伝う。平民落ちしてからは肌の露出が少ない服を着ているから、見苦しく汗をかいているところを見られなくてよかった。

でも現実的に考えて、これは容易に断れるものではない。だって今の私は元令嬢で、侯爵家の令息に言い返せるような立場ではない。そして頼みの綱であるはずのニコラスやエミリは、セドリックの味方。

四面楚歌、という四字熟語が頭の中に浮かぶ。なるほど、劉邦《りゅうほう》率いる軍に囲まれた項羽《こうう》は、こんな気持ちだったのかな。

「わたくしがセドリック様と結婚しても、ご迷惑をおかけするだけです」

「そうですか？　あなたは高潔で正義感の強い方で、身分を失うことを覚悟の上でお父上を断罪した。そんな勇敢なあなたを妻に迎えられるのは、私にとって至上の喜びですよ」

セドリックは私の行いを褒めるけれど、あまり嬉しいとも誇らしいとも思えない。今世の父親には愛情の欠片もないからあっさり断罪できただけだし、彼が言うほどご立派な意思があるわけでもない。

「それに。有力貴族同士で縁組みをするのは政治的にも非常に有効ですが、場合によっては後ろ盾を持たない女性を妻にする方が利点があったりするのです」

一気に現実的な話になったので、つい身を乗り出してしまう。

「利点があるのですか？」

「多くの場合、貴族の妻の実家は後ろ盾になりますが、足かせにもなり得ます。我がシャーウッド侯爵家は現在地位が安定しておりますので、むしろ妻の実家が強すぎるのはよろしくないのです」

「なるほど」

王子様は他国のお姫様や公爵令嬢と結ばれるのがデフォルト、という固定観念がある。権力者の娘と結婚することによるメリットが大きいからだろう。でも場合によってはデメリットにもなる。両雄並び立たず、とも言うように、強い権力を持つ者が複数存在すると争いの種になりかねない。

一方で、平民や男爵家程度なら妻の実家の権力に警戒する必要がないので、結婚しても楽な気持ちでやっていける、ということか。だからシャーウッド侯爵家に嫁ぐのは平民である私くらいの者が、ちょうどいいということ。

じっとセドリックを見つめながら考えていると、彼は笑みを深くした。

「誤解しないでくださいね。私は身分が低ければ誰でもいいわけではありません。先ほども申し上げたように、不屈の精神を持ち正義を貫こうとするあなたの姿に心を奪われたからこそ、殿下と婚約解消したと知って、いてもたってもいられずに求婚したのです」

この貴公子は、私の気持ちに聡《さと》く気付いたようだ。励ましの言葉だけでなく、ついうっかりときめきそうになる台詞まで添えてくれて。やるな。

優雅に微笑むセドリックを観察しつつ、私は彼と結婚する、ということについて考えてみる。

セドリックはいい人だと思う。ニコラスだって、セドリックのことを推していた。結婚すれば、きっと幸せにしてくれるだろうとわかっている。

相手は、超優良物件。そして私には、その求婚を断れるだけの力がない。

……でも！　私が望んでいるのはきらきら生活ではなくて、平々凡々でもいいから穏やかに過ごせる日々だ。

そこではっとひらめき、私は少し身を乗り出した。

「ええと。わたくし、実はやりたいことがありまして」

「なんでしょうか？　私にできることなら、なんでもあなたの願いを叶えましょう」

セドリックが笑顔で聞いてくる。この人なら、「新品のドレスを百着買ってください」とねだってもあっさり了解しそうだ。

そんなセドリックを説き伏せるべく、私は再び口を開く。

「わたくし、学院を卒業したいのです！」

「……アナスタシア学院のことですか？」

「はい。わたくしは先日、退学処分を受けました。もちろん、処分自体は覚悟しておりました。ですがやはり、アナスタシア学院で青春を謳歌し、卒業証書を受け取りたかった……と思っているのです」

今思いついた言い訳だけど、まったくの虚言ではない。

悪役令嬢として断罪エンドを迎えたくないと思っていたけれど、私が役目を放棄すればエミリにとって困ったことになるのではないかとも思っていた。

ゲームでエミリは淑女としての才能を磨き、ライバル令嬢たちとお茶会バトルやダンスバトル、お勉強バトルなどをして勝っていく必要がある。これをクリアしないとストーリーが進まないので、もし能力値が足りないのならひたすら勉強をする必要があった。

そしてどのルートでも最後に待ち構えているのが、デルフィーナだった。嫌みなお嬢様ではあるけれどあらゆる才能に溢れたデルフィーナをバトルで倒すことで、攻略対象とのハッピーエンドを迎えられる。

あまり主人公を育てていなかったら、デルフィーナに勝利することはできない。その場合もゲームオーバーになるわけではなくて、ノーマルエンドになるだけ。とはいえ、ハッピーエンドと比べるとすごくあっさりしたエンディングになってしまう。

エミリには是非とも、ゲーム主人公としての役目を全うさせてあげたい。だから私は貴族としての義務で入った生徒会活動や学校行事の主催などもこなしつつ、エミリの前に立ち塞がる最強の壁であるべく自己研鑽も行い、ニコラスとの計画も進め……と、努力してきた。

つまり、私の学院生活の大半はそういったことに費やしたので、青春を謳歌できなかったのだ。私だって、クラブ活動をしたり買い食いをしたり庭を散策したり、そういうことをしたかった。

セドリックは、意外そうに目を瞬かせた。

「卒業証書が、それほど欲しかったのですか？」

「ひとりの女子生徒として学院生活を満喫した、という思い出の証しとしての卒業証書が欲しかったのです。もちろんわたくしはニコラス殿下の婚約者でありケンドール伯爵家の娘でしたから、自由な時間などなかったのですが」

「……それはお辛いことですね。あなたが努力なさっている姿は拝見しておりましたが確かに、精神的に余裕があるとは言えなかったでしょう」

セドリックは同情的な眼差しになり、ふむ、と考え込んだ。

「アナスタシア学院の入学規定では、十六歳で入学して十八歳で卒業することが基本とされています。ですから、さすがにもう一度学院生活を送ることはできませんね」

「ですよね……」

「ですがこれは、貴族科の場合のみ。平民科の場合はあらゆる規定が緩くなります」

いつの間にか顔を伏せていた私がさっとセドリックの方を見ると、彼は私の視線を受けて微笑んだ。

「では、こうしませんか？　まず、私たちは仮の婚約を結びます」

「仮の、ですか？」

「はい。お試し期間、とでも言いましょうか。あなたのことは、我がシャーウッド侯爵家がお引き受けします。屋敷に使用人はいますが、私の所有であるため家族がいないので、あなたも気を遣うことなく過ごせるでしょう。あなたはそこで私の婚約者としてのお試し期間を過ごすという建前にして、平民の少女としてもう一度アナスタシア学院に通うのです」

「まあ。そんなことができるのですか？」

「できるようにします。愛するあなたのためですから」

こっちは至って真剣なのにいきなりそんなキザな台詞とウインクを飛ばしてくるから、心臓に悪い。色男のウインクは、破壊力がすさまじい……！

思わずぎょっとした私を見ておかしそうに微笑み、セドリックは右手の人差し指を立てた。

「あなたは十八歳の上級生として編入し、一年間だけ学院生活をやり直します。身分は……そうですね。シャーウッド侯爵家の遠い親戚の娘、くらいにしましょうか。これから嫁ぐ予定のある娘の花嫁修業のために一年間だけ在学する平民の女子生徒は、結構いるみたいですからね。怪しまれることもないでしょう」

「なるほど。ですがそれでは、セドリック様をはじめとするシャーウッド侯爵家の皆様にご迷惑をおかけすることになるかもしれません。それに、わたくしには財産がないので学費を捻出するのも難しそうで……」

「なにをおっしゃいますか。学費なら、私が支払いますよ」

「え」

あまりにもあっさり言われたけれど、それはさすがにダメだ。

「なりません！　わたくしの身勝手のためのお金を、あなたが支払うだなんて……」

「なぜですか？」

「えっ？」

「私には、愛する人を部屋に閉じ込めて自分だけのものにしたい、なんて願望はありません。好きな人のおねだりなら金に糸目をつけずになんでも叶えてあげたいし、いずれ私のもとに嫁いでくれるのなら、それまでに自由な時間を過ごしてほしいと思うのです。あなたの笑顔を見られるのですから、迷惑どころか役得なくらいです」

そう言って微笑むセドリックからは、色気がダダ漏れだ。おかしいな。『クロ愛』のお色気担当は宰相の息子だったはずだけど……？

フェロモンを出しまくるセドリックを直視できなくてあっちこっちに視線を泳がせていると、彼はくすりと笑った。

「ふふ。なんでもない風を装ってらっしゃいますが、頬が赤く染まっていますよ」

「き、気付いてもそういうことはわざわざ言わないでください」

「おや、失礼しました。それで？　私からの提案は受けてもらえますか？」

セドリックが、微笑みを絶やさぬままたたみかけてきた。

正直、彼の提案はおいしい。むちゃくちゃおいしい。ひとまず学費や生活費のことなどを気にせずにやりたいことができるなんて、夢のような話だ。

それにもしかしたら、一年間私を近くで見ていてセドリックは「やっぱりこいつとの婚約はやめた」って言い出すかもしれない。私はこれまで被っていた淑女の仮面を脱ぎ捨て、セドリックの前では雑に振る舞う。これまで抱いていた完璧な淑女像からかけ離れた私を見て、彼は婚約を取り消してくれるのではないか。

彼も言ったように〝仮〟の婚約なら、結婚までに頓挫してもそれほど悪くは言われないはず。そうしてセドリックの方から破棄してくれたなら彼の名誉を汚すこともないし、その後はニコラスに相談して隠居生活でも送ればいい。

お金のこともここではひとまずセドリックの申し出を受けておいて、婚約を解消された後で返済を進めよう。ニコラスなら、私にでもできる仕事を斡旋してくれるかもしれない。

「セドリック様」

「はい」

「そのお話、是非とも進めていただけませんか？」

　私が身を乗り出してお願いすると、セドリックは少しきょとんとした後に小さく噴き出した。

「ふふ。そのご様子だと、私の愛に応えてくれたから話を進める、というわけではなさそうですね」

「正直に申し上げますと、今の段階ではあなたの愛を受け入れることは難しいです」

　不敬になるだろうか、と思いつつも誤解されないためにはっきり言うと、セドリックはますます笑みを深くした。最初はイケメンの笑顔に見入ってしまったけれど、今はこの笑顔が妙にうさんくさく感じられるのはなぜだろうか。

「ええ、それも当然のことです。私としても、一年間で私を受け入れてもらえるようになるのならば嬉しい限りですからね」

　なるほど。ゲーム風に言うと、私にとってこの一年間は「セドリックからの愛情度を下げる期間」であるけれど、彼からすると逆に「自分への愛情度を上げる期間」になる、ということか。十分すぎるくらいだ。

「ありがとうございます、セドリック様。……本来ならばわたくしは我が儘を言える立場ではありませんのに、セドリック様には感謝の言葉しかございません」

「なにをおっしゃいますか。好きな女性のために尽くすのは、男として当然のこと。無理やり手に入れても、あなたは悲しい顔をするだけでしょう。あなたに嫁ぎたいと心から思ってもらえるように、私も努力しますね」

そう言って、惜しみなくきらきらの笑みを振りまくセドリック。

現実の恋愛とゲームの攻略対象への入れ込みは、別物だと思っている。それでも、セドリックがイケメンで優しいのは事実だから、どうにも心臓が高鳴ってしまう。

……いや、ここでキュンキュンしてはならない！

セドリックは本来、エミリの恋人候補だった。品行方正な優等生である彼が悪役令嬢だった私を見初めるなんて、信じられない。なにか裏があるのでは、と思う方が自然だろう。

だから私は、この与えられた一年間の猶予を使い、学院生活を満喫しながら、セドリックの方から婚約の話を撤回してくれるように頑張ることにした。

二章　二度目の学院生活

ローレン王国の王都に存在する、アナスタシア学院。この学院名は、初代学院長である賢女の名前を冠しているという。

学院には貴族男子、貴族女子、平民男子、平民女子という四つのクラスが学年ごとにあり、学舎が分かれている。それらを上空から見ると四つ葉のクローバーのように見えることから、ゲームが『クローバーに愛を』というタイトルになった。前世で『クロ愛』が大好きすぎた私は、絶版になっていた設定資料集をオークションで落札して読み込んでいたから、間違いない。

なお、『クロ愛』ではキャラクターメイキングの時に、主人公の入学クラスを貴族女子科と平民女子科から選べる。選んだクラスによって能力値や攻略対象キャラの好感度の上がりやすさ、また一部のイベントの内容が変わっていた。

男爵家の養女であるエミリは、平民女子科の方を選んだようだ。ただ、『クロ愛』では平民女子科スタートの方が基本だったから、入学式の時に深緑色の制服を着ている彼女を見ても、やはり平民女子科だったか、としか思わなかった。

生徒は自分が所属する学舎で授業を受けるけれど、貴族、平民、男性、女性の学舎は渡り廊下で繫がっているので、合同授業を受けることもある。つまり、貴族男子と平民女子、貴族女子と平民男子は基本的に接点がないということだ。

ただし、四つの学舎の中心部は全生徒共有の場となっている。ここには聖堂や大講堂があり、入学式や卒業式、創立記念式典など学院を挙げての行事がある時は全員が集まることになっていた。

「……また、ここに来られるとは」

かつて在学していた学院の正門前に立って白亜の校舎を眺めながら、私は呟いた。春の風を受けて、しめ縄のようにぎゅっと固く結んだ赤茶色の髪が揺れる。

私とセドリックが〝仮婚約〟をして、一カ月。

ただの平民である私はすぐにセドリックの屋敷に引き取られ、そこの離れをひとつ与えられた。まだ正式に婚約しているわけではないけれど、屋敷の使用人たちは私を軽んじることなく、〝セドリック様の大切なお客様である、デルフィーナ様〟として扱ってくれた。

そんな私は、偽名を使ってアナスタシア学院に編入することになった。身分は〝シャーウッド侯爵家の遠縁で、地方の商家の娘〟。名前は、フィー・ジョーンズ。姓名ともに、ローレン王国ではよくある名前だ。

ジョーンズ家の娘であるフィーは花嫁修業のためにシャーウッド侯爵家の紹介で王都に来て、アナスタシア学院に通うことになった。学費は、侯爵家のセドリックのところに身を寄せている元伯爵令嬢――つまり、私――のお世話係をすることで肩代わりしてもらっている、という設定だ。

これなら、シャーウッド侯爵家がフィーの学費を支払っても学院からなにか言われることはない。もちろん、最終的には返済するつもりだけれど。

ということで、私は毎朝セドリックの屋敷の離れから学院に通うことになった。これを機に腰よりも長かった髪をかなり切り、背中までの長さになったそれをさらにきつい三つ編みにした。

また、『変装道具として人気らしいですよ』ということで、セドリックから度の入っていない眼鏡をもらった。この世界ではまだ貴重品だろう、透明なガラスを使った眼鏡。これをかければ分厚いフチのおかげでかなり人相や顔の形が変わって見える。

化粧もほとんどせず、平民女子科の制服である深緑色のワンピースを着れば……あら不思議。かつては紺青の布地が美しい貴族女子科の制服を着て颯爽と校内を歩いていた伯爵令嬢が、背中を丸めてしょぼしょぼ歩く平民の編入生に早変わり。

実は私、前世は中学校から高校まで演劇部に所属していた。主役をもらえることはなく、顧問の先生からは『最高のモブ』と褒められたけれど、モブだろうとなんだろうと最高の演技ができる自分のことがわりと誇らしかった。

今朝、この姿をセドリックにお披露目した。この地味な姿で百年の恋も冷めるだろうと内心期待していたけれど、セドリックは私の姿を見ても動揺の欠片も見せず、それどころか『デルフィーナ嬢はどんな格好をしていても似合いますね。無邪気で素朴な感じがして、素敵です』とさらっと口説いてきた。手強い。

護衛騎士として出仕するセドリックを見送り、私は馬車に乗って学院にやってきた。

これから、始業式だ。この学院に入学式というものはなくて、春の始業式で上級生と下級生が一堂に会する。

去年の始業式の日は、生徒会役員としてあれこれ仕事をしつつ、入学してきたエミリをしっかりチェックしていたものだ。そしてさらにその前の年は、この学院生活で自分の運命が決まるのだと緊張していた。

こうしてのんびりとした気持ちで校門に立つことは、初めて。そう思うとこれまで何百回もくぐってきたこの正門が、見慣れないオブジェクトのような、新鮮な気持ちがした。

さて、久しぶりの学院生活が始まる。

いろいろ気になることはあるけれど、満喫しないと。

まずは、学院中央にある大講堂に移動して、始業式。一カ月前の卒業式の時は壁やテーブルに花などが飾られていて華やかな雰囲気だったけれど今はすべて取り払われていて、壁にはローレン王国の国章やアナスタシア学院の校章などが刺繍されたペナントがかかっている。

講堂奥の壇上には、学院創設者の像が据えられている。この像は着せ替え可能で、行事のたびに衣装を替えていた。これは女子生徒会役員の役目だったので、私もかつては季節に応じて着替えをさせたものだ。

本日の像は、漆黒のローブ姿だ。現在は平民女子科が深緑、貴族女子科が紺青、平民男子科が萌黄、貴族男子科が浅葱という色分けがされているけれど、昔は全員漆黒のアカデミックガウン風の制服だったそうだ。

貴族は講堂の前の方に固められ、後方は私たち平民科の生徒が立つ。周りにいるのは、私と同じ上級生の平民女子。去年、私が貴族女子科の上級生だった時には下級生だった子たちだ。

変装眼鏡をしっかり身につけているからか、私の顔を見て「あなたはもしや……」と言ってくる人はいない。そもそも、貴族女子と平民女子では合同授業などでない限りは顔を合わせることはなかったし、学年も違う。

学長先生の話の後で、生徒会代表が壇上に立った。彼は、かつて生徒会で一緒に活動していた下級生だ。一学年下の生徒会役員は五人いたけれど、その中でも飛び抜けてしっかりしていた伯爵家令息だ。うん、彼なら大丈夫だろう。

なお、『クロ愛』では主人公も生徒会に入ることができたけれど、エミリは入らなかった。素質は十分あったし私もそれとなく推薦したが、本人が『私は自分のことで精いっぱいなので』と辞退したのだ。

そんなエミリは本来ならば上級生としてこの場にいたけれど、王子の婚約者になったことで学校を自主退学した。今は王城に移り、そこで王妃教育を受けているはずだ。また、攻略対象のひとりであるエミリと同い年の義弟もまた、義姉と一緒に自主退学している。次期王妃の弟ということで、他国に留学することになったかららしい。

ということで、この学院には『クロ愛』のメインキャラはひとりもいない。伯爵令嬢であったデルフィーナと懇意にしていた下級生も近くにいないから、私はのびのびと生活できるということだ。勉強をほどほどにして、クラブに入って、友だちも作って、買い食いとか寄り道もしたりして……。

と、思っていたのだけれど。

「では最後に、今年度から実施する研究生制度についてお知らせします」

もうすぐ始業式が終わるというところで壇上に現れたのは、副学長先生。白いひげを持つチャーミングなおじいちゃんといった感じの学長先生とは真逆の、つんとすました感じの若い女性だけど……。研究生？　そんな制度が始まるなんて、聞いたことがない。

「研究生制度はつい一カ月前に、仮施行が決まった新制度です。本学院の卒業生を基本として、さらなる学術の発達ならびに後進の育成に関心のある者が研究生という名で在学します。彼らの位置付けは一応学生ではありますが、わたくしたちの授業の補佐などを任せることもあります」

私の疑問に答えたわけではないけれど、副学長先生が説明してくれた。

つまり、大学院生と教育実習生の合体バージョンみたいなものか。卒業生だったら勝手も知っているから教師としては頼み事がしやすいし、なおかつ生徒からすると年が近いＯＢ・ＯＧだから、近い距離感で相談とかができると。いい制度だな。

なるほど、と頷きながら先生の話を聞いていたけれど。

「そういうことで、まずは第一期生研究生の方を紹介します。セドリック・シャーウッド。こちらへ」

「はい」

……ん？

ざわつく在校生たちの視線を受けて壇上に向かったのは、妙に見覚えのある金髪の貴公子。着ているのは貴族男子科の制服である浅葱色のジャケットとスラックスだけど、ネクタイの色が微妙に違う。他の男子生徒が落ち着いた灰色なのに対して、彼のすらりとした喉元を飾るそれは銀色だ。

副校長先生が一歩下がったため、金髪の男は講演台の前に立つ。ふわぁ、と私の近くで誰かがうっとりとした声をあげた。

「ご紹介にあずかりました、セドリック・シャーウッドです。このたび、記念すべき研究生第一期生として母校に帰ることができて、嬉しく思います。アナスタシア学院のさらなる発展ならびに自己研鑽に向けて、努力します。どうかよろしくお願いします」

研究生――セドリックの声は、マイクもないのによく響いた。彼は私よりもふたつ年上だから同時期に在学した者はいないけれど、「護衛騎士団長のご令息だ」「まさか、セドリック様がいらっしゃるなんて」という興奮気味の声があちこちから聞こえてくる。

……なんでこうなった⁉


「セドリック様、お話があります！」

「あなたから誘ってもらえるなんて、嬉しい限りですね」

「さ、誘ったというわけではなく……とにかく。今日のあれは、なんなのですか？」

自宅となったセドリックの屋敷の離れに帰ったところで、セドリックも戻ってきた。だから本邸に突撃して、今日の出来事について問いただすことにした。

長い脚を優雅に組んでソファに座るセドリックは、まだ制服姿のままだ。くっ、ゲームではお目にかかれなかったセドリックの制服姿、麗しい。悔しいくらいに素敵！　前世の私なら間違いなく、スクショ連打していただろう。

セドリックは微笑んで「まあ、お座りください」と穏やかに言い、使用人にお茶の支度を命じた。

「学院生活一日目はどうでしたか。楽しめました？」

「全力で楽しもうと思っていたのですが、始業式でのサプライズのおかげでその後なにをしても身が入らなかったです」

「あはは」

セドリックは、楽しそうだ。〝いつも爽やかで愛想よく笑う好青年〟というキャラ設定ではあるけれど、今はこの笑顔がうさんくさいだけでなく憎たらしい。

「研究生なんて、聞いていません。なんなのですか、あの制度は」

「副学長先生のおっしゃった通りですよ。アナスタシア学院は今年から、研究員制度を設けることになった。その栄えある第一期生に私が抜擢されたということです」

「そもそもどうして、侯爵家令息であり王子殿下の護衛騎士でもあるあなたが選ばれるのですか？　あなただって、そこまで暇ではないでしょう。ニコラス殿下も納得されているのですか？」

「言ってくれますね。確かに、暇ではありません。ですがニコラス殿下の承認も当然受けておりますし、むしろ殿下からは『いつも付き合わせて悪いから、一年間くらいは好きなことをすればいい』と仰せつかっております」

「そんなに学問の研究が好きなのですか？」

設定資料集には、セドリックが勉強好きということまでは書かれていなかったと思う。

するとセドリックは柔和に微笑み、使用人が茶を淹れたカップの取っ手を優雅な所作でつまんだ。

「いいえ。むしろ、私の未来の花嫁の姿をもっと近くで見ていたい、という理由ですね」

「……は、い？」

未来の花嫁……つまり、私？　セドリックが研究生になったのは、私がいるから？

「あなたが学院にいたら、私、好き勝手にできないのですけれど……」

「すればいいですよ。私は基本的に貴族男子科の生徒と行動を共にするので、平民女子科に在籍するあなたとは接点が少ない。あなたはフィー・ジョーンズとして自由に振る舞っていただいて構いませんよ」

「そ、そうですよね」

なんだ、驚かせただけなのね。

ホッとした私は美味しいお茶を飲み――ふと視線を感じたため、顔を上げる。

「……セドリック様。今、なにかおっしゃろうとしました？」

「いいえ、特には」

セドリックはそう答えて、カップを傾けた。

さっき意味深な視線を感じた気がするけれど、気のせいだったのかな。うん、気のせいということにしよう。


平民の女子として学院に入り直した私は、勉強の面ではまったく苦労しなかった。

「ジョーンズさん。今日の小テストも満点だったのですね」

「すごいです！　どんな勉強方法なのですか？」

「ありがとうございます。勉強はとにかく何度も教科書を読んで、わからないことは質問するようにしています」

そして初の小テストで見事満点を獲得して、一気に平民女子科の優等生になった。

それはもちろん、去年みっちり勉強したからだ。実際に私は勉強して、エミリの前に立ちはだかる最強のラスボス令嬢であろうと頑張ったのだから、ズルとかじゃないはず。むしろ誇っていいよね？

それまではぱっとしない地味眼鏡キャラだった私は、小テストを機にいろいろな同級生に話しかけられるようになった。

貴族女子科よりもずっとくだけた雰囲気だけど、さすが名門校に通うだけあり平民女子科といえど大商家の娘や貴族の遠縁の娘など、平民の中でも上澄みと言える立場にある少女たちばかり。しかも彼女らは貴族女子科の生徒に負けないように努力しているから、学習意欲も高い。

案外、貴族女子科の空気よりもこっちの方が私の肌に合っているかもしれない。あちらでは王子の婚約者である伯爵令嬢、という身分だけがひとり歩きをしていて、こうして気さくに話しかけてくれる人もいなかったから。

「あっ、ジョーンズさん！　もう帰るのですか？」

一日の授業を終えて講堂を出たところで、少女に声をかけられた。

黒くて艶やかな髪を後頭部の高い位置でひとつにまとめていて、歩くたびにそれがゆらゆら揺れている。ぱっちりとした大きな目は若草色で、はつらつとした印象のあるかわいらしい女の子。名前は……ええと、確か。

「ええ。あなたは、モニーク・ホロウェイさんでしたか？」

「あっ、私の名前、覚えていてくれたのですか？　嬉しいです！」

モニークは目を輝かせて、ぴょんっと跳び上がった。

彼女は、講堂ではよく私の前の席に座っている。休憩時間に聞こえてきた会話によると、彼女の実家は貿易を営んでいるとのことだ。そういえば去年も、『一学年下の平民女子科にいる貿易商の娘は、勉強がかなりよくできる』という話を聞いたことがあった。

「あ、でももうお帰りなら、呼び止めてすみません」

「お気になさらず。もしかして、私になにかご用だったのですか？」

「用事というほどではありませんが、もしジョーンズさんがクラブ活動に入るおつもりならお話をしたいと思っていまして」

「クラブ活動」

……ああ、いけない。つい、マジな声を出してしまった。

クラブ活動――それはアナスタシア学院で放課後に行われる自由参加型の課外活動で、日本の部活やサークルのようなものだ。

私はその存在を、以前から知っている。知っているけれど、貴族女子科に通っていた二年間は、参加する余裕がなかった。

ああ、私もクラブ活動がしたかった！　生徒会で各クラブの活動報告書や予算案を確認するたびに、羨ましさのあまり血の涙を流——すほどではないけれど、ハンカチをぎりぎりと握りしめるくらいの気持ちだった。

だって、クラブ活動っていったらまさに青春そのものだ。前世も演劇部で青春を謳歌したように、異世界でもクラブ活動を通して仲間を作ったりおしゃべりをしたり作品を作ったりしたかった。

しかし、である。「したかった」と悔やむ私は、もういない。ここにいるのは、行動になんの制限もない平民の女子生徒、フィー・ジョーンズなのだから。

ここは是非とも、モニークの話を傾聴しなければ！

ほぼ初対面のモニークをビビらせないよう、こほん、と咳払いをしてから、私は愛想のいい微笑みを浮かべる。

「それは是非とも、伺いたいです。今日は特に急ぎの用事もないので」

「わあ、よかったです！」

「ホロウェイさんは、どのようなクラブ活動に入っておいでなのですか？」

「私、ドラゴン研究クラブに所属しているのです」

「ドラゴン研究クラブ」

本日二度目の、マジな声である。

『クロ愛』の世界には、ドラゴンが存在する。ゲームのコンセプトとは違うからか魔法の類いはないけれど、ドラゴンは普通に生きている。

野生の大型ドラゴンは凶暴だけれど、小型のものなら武器を持った村人でも十分追い返せる。そして従順な種族だったら手なずけて騎乗したり、卵からふ化させて育てたりといったこともできる。

ローレン王国には、竜騎士団がある。騎士の中でも特にドラゴンの扱いに長けた者だけが加われる部隊で、セドリックもその一員だ。竜騎士団員は普段は一般騎士と同じ職務をするけれど、戦争が起きた場合や大規模な反乱鎮圧の時などに出陣命令が下るという。ドラゴンを操る騎士たちの姿は優美で、私も空を優雅に飛ぶドラゴンを見ては、憧れていた。

そして本学院には、そんなドラゴンを研究するクラブが存在する。ドラゴンを育てたり背中に乗ったりしてふれあうのが基本だけど、たまに才能を開花させる者がいて城からスカウトされることもあるそうだ。

ドラゴン研究クラブ。いかにも異世界っぽい印象で、憧れていたクラブ活動のひとつだ。

「すごく、興味があります。是非とも見学させていただけませんか？」

「えっ、本当ですか？　ドラゴンは苦手だって言う人も多いので、断られると思っていたのですが……」

「そうですね。確かに恐れるべき存在ではありますが、神秘的だと思います。私も、ドラゴンについてもっと知りたいと思っていたのです」

「そ、そんな風に言っていただけて、なんだか私まで嬉しくなります！」

その言葉は社交辞令ではないようで、実際にモニークの目尻がほんのり赤くなっていた。自分のことではないのにこんなに喜ぶなんて、本当にドラゴンのことが好きなのね。

「それじゃあご案内させていただきますね、ジョーンズさん！」

「私のことはどうか、フィーと呼んでください」

「いいのですか？」

「もちろん」

「ふふ。それじゃあ、フィーさん。私のこともどうか、モニークと呼んでくださいね」

「ええ、もちろん！」

同じ学年の女の子と、名前で呼び合う。これこれ、こういうのを私は求めていたのよ。

この学院に編入させてくれてありがとう、セドリック！

モニークに連れられて向かったのは、学院の東隅にあるドラゴン用の厩舎——もとい竜舎。

ここに竜舎があるのは知っていたし興味もあったから近くをうろついたことがあるけれど、『デルフィーナ様がお越しになる場所ではありません』と以前は皆に止められたものだ。

でも今の私は、平民の女子生徒。そして私を先導するモニークという存在もあるから、堂々とお邪魔できる。

「中にどうぞ。……ちょっと臭いますが、大丈夫ですか？」

「ええ、お気になさらず」

確かに竜舎に近付いたあたりからほんのりとそれっぽい臭いはしていたけれど、顔をしかめたり口や鼻をハンカチで覆ったりしなければならないほどではない。前世、牧場に遊びに行った時に嗅いだ牛舎の臭いだって、我慢できたもの。

ただし牛舎と違いここにいるのは爬《は》虫類に近いドラゴンだからか、なんというかこう、金魚の水槽というか、鯉の池のような臭いがする。

竜舎は巨大なドームのような形をしていて、三階建てのアパートが丸々ひとつ入りそうなくらいの広さと高さがある。一階建ての内部を覗くと、天井付近の壁に横に長い楕円形の穴がいくつも空いていて、そこから夕焼け空が見えた。モニーク曰くあの穴はドラゴン用の出入り口で普段は扉を閉めており、クラブ活動中は開放しているという。

竜舎内には、三頭のドラゴンがいた。中型が二頭で小型が一頭。それぞれ檻の中に入れられているけれど、檻は天井まで続いているので狭苦しい感じはない。

講堂や生徒会室などが現代日本のそれと大差がなかった一方で、この竜舎はまさにファンタジー異世界だ。異世界転生したのだからやっぱり、こういう前世では味わえなかったものをじっくり見たかった。

グルル、グルル、とあちこちからドラゴンの唸り声が聞こえる中、私がほうっと辺りの光景に見入っていると、モニークが振り返った。

「どうですか？」

「すっごいです！　っと、すみません。大声をあげて……」

「あはは、それくらいなら大丈夫ですよ。まだドラゴンたちが寝る時間でもないですし」

モニークはそう言ってから、竜舎内で掃除をしたりノートを手にドラゴンの前に立ってなにやら書き留めていたりする生徒たちのもとに私を連れていって、ひとりひとり紹介してくれた。

ドラゴン研究クラブの現在のメンバーは、モニークを入れて八人。全員平民科だから、この面子の中にデルフィーナ・ケンドールだった頃に懇意にしていた人はひとりもいない。

私が名乗ると、皆は興味深そうに私を見た。

「見学に来てくれるのは嬉しいけれど、まさか編入生とはね」

「しかもあなたって確か、シャーウッド侯爵家の遠縁でしょう？　セドリック・シャーウッド様のご紹介で編入していて、離れに住まわせてもらっているとか」

「はい、そうです」

どうやら私の身の上はわりと有名になっているみたいだ。確かに、普通の編入生ならともかく私のバックにはシャーウッド侯爵家がいるものね。

嘘がばれないように堂々と答えると、皆はへぇ、と言わんばかりの表情になった。

「それなのに、こんな竜糞臭いところに来てくれるなんてね」

「でも、こんなところに来て大丈夫なのか？」

「もしかして私たち、セドリック様からお叱りを受けたりするんでしょうか……」

「ないない、ないですからご安心ください」

部員たちの中にはおびえた表情をする人もいて、急ぎ否定する。

好きにしていい、と言われたから好きにしているのであって、私がドラゴンと戯れたことで彼らが叱られるなんておかしい。むしろ私としては竜糞まみれになった私を見たセドリックにドン引きされて、婚約の話をなかったことにしてもらいたいくらいだ。

ということで皆にはご理解いただき、私は早速貸出用の作業着に着替えた。いかにも作業用という雰囲気の上着とズボンだ。

モニークは「ここでは女性でも、ズボンを穿くのです」と申し訳なさそうに言ってきたけれど、前世はどちらかというとパンツスタイル派だったのでまったく問題ない。

さて、服を着替えたらいよいよドラゴンたちとご対面だ。

「うわぁ……大きい！」

「まずは小型の子から慣れてみましょうね」

私が見上げるほどの大きさの中型ドラゴンに見入っていると、モニークがそう言って小型ドラゴンの檻を開けた。そこに入っていたのは、大型犬ほどの大きさのドラゴンだった。

小型ということだけれど、トカゲを大きくしたようなシルエットに、小さくも鋭い爪。いかにも爬虫類らしいぎょろりとした目に、うろこがびっしりと生えた皮膚。先端に向かうにつれて細くなっていく尻尾には、細かなとげがついている。

「ドラゴンは、皮膚の色と体の大きさで階級が決まるそうです。基本的に、赤や黄色、緑などの鮮やかな色のものは階級が低くて、白や黒などの落ち着いた色のものの方が階級が高いそうです」

「へぇ。それじゃあこの子は灰色のうろこだから、色の階級としては高い方なのでしょうか」

檻の中で丸くなるドラゴンを指さして、私は聞いてみた。

それを受けて、モニークがにっこり笑った。もしかすると、私がドラゴンを「これ」や「こいつ」ではなくて「この子」と呼んだからかもしれない。

「色だけなら、そうなります。でもこの子はこの大きさで既に成熟しています。これ以上体が大きくなることはないので結果としては、ドラゴンの中での階級は中の下くらいになります」

「そうなのですね。階級というのはやはり、重要なのですか？」

「日常生活を送る際も、階級が低いものが高いもののために道を譲ったり、ひれ伏したりします。戦闘となると、階級が高いものの咆吼を聞いただけで弱者は尻尾を巻いて逃げてしまいますね」

なるほど。人間社会だけでなく、ドラゴン社会も階級絶対主義で、世知辛いのね。

「だから、竜騎士たちは階級が高いドラゴンを乗りこなします。生半可な気持ちでは従わせられませんが、うまく心を通わせたら、もし野生のドラゴンが飛来しても追い払えますからね」

「確かに、国の防衛に大いに貢献できますね」

きっとセドリックも、有事にはドラゴンを駆って戦いに挑むのだろう。その姿はやっぱり、格好いいだろうな。

そんな話をしながら、少しずつドラゴンとの距離を詰めていく。今は尻尾を丸めて翼も閉じているから大型犬ほどの大きさに見えるけれど、全身を伸ばしたら大きめのテーブルくらいにはなりそうだ。

「いきなり噛んだりしませんか？」

「この子はおとなしいから、大丈夫です。……ほら、ビルルブルル。お客さんよ」

……すごい名前だな。この世界ではドラゴンにちょっと奇怪な名前をつける習慣でもあるのかな。

ビルルブルルと呼ばれたドラゴンは、モニークの声を聞いてのっそりと体を起こした。細く裂けたような形の鼻がぴくぴく動き、くあぁ、と大あくびする。

「わぁ……！　歯がびっしり！」

「ふふ。ここで怖がるのではなくて喜ぶくらいなら、きっとフィーさんはドラゴンに受け入れてもらえますよ。さ、手を出してください」

「え、ええ」

モニークに指示されて、恐る恐る手を伸ばす。ドラゴンそのものへの恐怖心はないけれど、さすがに鋭い牙と爪を持つ生き物に手を差し出すのは、勇気がいる。前世では子どもの頃に、野良猫にひっかかれたことがあったっけ。

ビルルブルルは首を伸ばして、私の指の先をふんふんと嗅いだ。神秘的なドラゴンというより、犬か猫みたいな仕草だな、とちょっとだけほっこりした、その瞬間。

――ぶへひっ！

「うぎゃっ!?」

「わっ！　あ、あらら……ビルルブルル、くしゃみしたの？　珍しいわね」

ビルルブルルが思いっ切りくしゃみをしたので、私の手はよだれまみれになった。竜舎の臭いには慣れたけれど、これはかなり、臭いがきつい……！

音を聞きつけたらしい生徒たちが綺麗な水を張った桶を手に駆けつけてくれたので、そこに手を浸した。まさかドラゴンのくしゃみを受けてよだれまみれになるなんて、思ってもみなかった。

「着替えておいてよかった……」

「ですね。ドラゴンのよだれは糞よりもずっと臭いが残りやすいので」

「うわぁ」

ふと、この臭いをまとったままセドリックのところに帰れば嫌ってもらえるかも、と思ったけれど、私自身がちょっと耐えられそうにないので、この案は却下した。

仕上げに女子生徒が吹きつけてくれたコロンでひと息つきつつ、モニークに尋ねてみる。

「それにしても、いきなりくしゃみをされるとは。私、変な臭いでもしたのでしょうか？」

「あ、ええと。ドラゴンがくしゃみをする理由にはいろいろあるのですが、初対面の人にする場合は、大抵……」

「大抵？」

「相手のことを不快に思っているということです」

モニークは、すごく気まずそうに教えてくれたのだった。


ドラゴン研究クラブ見学初日にしてドラゴンから嫌われてしまった私、フィー・ジョーンズだけれど……だからといってドラゴン嫌いになるわけではないし、他の収穫もたっぷりあった。

「次の授業は、平民男子科と合同だよ。行こう、フィー」

「ありがとう。ご一緒させてもらうわ」

授業が終わった後で私に声をかけてくれたのは、モニークだ。

彼女と一緒にドラゴン研究クラブに行ってから、数日。彼女とは授業で一緒に課題に取り組んだりご飯を食べたりするようになり、今ではフランクな言葉遣いで会話をする仲になった。

モニークは編入生である私のことを気遣い、学院のあれこれを優しく教えてくれた。彼女の説明のほとんどは既に知っているのだけれど、こうして世話を焼いてもらえるのが嬉しいことに気付いた。これまではどちらかというと、世話を焼く側だったからかもしれない。

さて、次の薬草学は平民科の男女共同授業だ。普段は女子だけで授業を受けるから、同じ年齢の男の子とご一緒できる授業となると、皆一層やる気を見せる。中には授業よりも、目当ての男の子とお近付きになりたい……なんて下心丸出しの子もいるけれど、そんなものだよね。いくら名門校に通っているお金持ちのお嬢さんとはいえ、十七歳の少女なのだから。

なおモニークは異性にあまり興味がないらしく、「わー、皆お化粧頑張っているわねぇ」とのんびりと同級生たちを観察している。モニークは化粧をしなくてもくっきりした顔立ちだから男子生徒から人気らしいけれど、本人はあまりそういう感情に聡くなくて、「色気よりドラゴン気よ！」とドラゴン研究に精を出しているそうだ。

薬草学の授業では土いじりもするので、教室である温室の前でエプロンを身につける。これらは貸出品なので、少しでも綺麗なエプロンを身につけるために皆、早めに温室に来るらしい。

身だしなみを整えて温室に入ると、そこには既に平民男子科の生徒たちの姿があった。

……ふふ。皆、女子生徒たちがやってきたのを見てあからさまにそわそわしている。いいね。こういうのが青春ってものだ。

そして、そんな平民男子科の生徒たちを見た女子生徒たちも、意中の男子を見つけて頬を赤く染めるはず。……ん？

「……わぁ！　見て、あの方って、まさか……」

「研究生の方よね？　こんなところでお会いできるなんて！」

あれ？　見間違いかな？　男子生徒の中に交じって、やたらきらきらしい男がいるような気がするのだけれど。

その人もまた、作業用のエプロンを身につけている。でも貸出品のそれを身につけても彼の生粋の美しさは損なわれるどころか、家庭的な雰囲気に見えて案外見栄えがしていた。いつもは前髪を下ろしているけれど、今回は作業をするからかへアピンで上げているのがなかなか似合っている。

今や、女子生徒たちの関心はその男ひとりに注がれていて、男子生徒たちががっかりしている。

シャツの袖をまくっていたモニークが、こそっと私に耳打ちしてきた。

「ねえ、フィーってあの研究生の遠縁なのよね？」

「……デスネ」

「へぇ。近くで見ると本当に、格好いいわね。今日の授業に来られるのなら、教えてくれればよかったのに」

「ワタシモ、シリマセンデシタ」

ついカタコトになってしまったけれど、本当に知らなかった。だって最近、私とあの人のスケジュールが合わないようで、あまり屋敷でも顔を合わせなかったもの。

授業開始のチャイムが鳴ったところで、セドリックは顔を上げてにっこり笑った。

「皆、こんにちは。本来ならこの授業は薬草学のマイヤー先生が担当されますが、マイヤー先生は朝から腰の調子が悪いようで、私が代わりに授業をすることになりました。研究生の、セドリック・シャーウッドです」

朗々とした声で挨拶しながら、きらきらの笑顔を振りまくことも忘れない。

私の近くに立っていた女子生徒が、「あぁ！」と小さな悲鳴をあげてよろめいたのが気配でわかった。私には若干偽物っぽく見えるあの笑顔も、一般人には効果が抜群のようだ。

セドリックは、緊張する生徒たちをぐるりと見回して――私のところで動きを止めたりはせず――微笑む。

「ご安心を。授業内容は、マイヤー先生から伺っております。今日は、トモトモ草の植え替え作業と採取をすることになっていましたね。早速始めましょう」

セドリックがパン、と手を打つと、それまではそわそわしていた生徒たちははっと気を引きしめ、それぞれの作業台に向かった。

「ほら、私たちはこっちよ」

「あ、うん」

モニークに手を引かれつつ……私は、にこにこするセドリックをじろっとにらんでやったのだった。


「セドリック様、お話があります」

「嬉しいな。あなたから、どんな楽しい話を聞けるのでしょうか」

「わかっていて言っていますね」

薬草学で実習をした日の夜。

屋敷本邸のリビングで座り込み待機をしていると、セドリックが帰宅した。「私は怒っています」ということを前面にアピールしたむっつり顔の私だけれど、セドリックはひょうひょうとしている。

「セドリック様。あなたは貴族男子科の研究生でしょう。なぜ平民の授業に参加し……しかも教鞭を執ってらっしゃったのですか？」

「説明はしましたよね？　マイヤー先生が朝になってぎっくり腰になってしまったので、ちょうど手の空いていた私が代わりに授業をすることになったのです。研究生は、学校長の承認を得て教師の代役を務めることもできるのですよ」

それは、知っている。それに授業中のセドリックは、代役教師として普通にうまくやっていた。

自分の顔に見入って手が止まっている女子生徒がいたら、『手元のトモトモ草が寂しそうですよ？』とジョークを交えながら注意するし、植え替えに手こずっている男子生徒がいたら隣で一緒に作業をする。服の袖に泥がついていても気にせず、生き生きと手伝っていた。

最初、男子生徒は「この人がいるから女子が自分を見てくれない」と妬ましそうにしていたし、女子生徒は「授業なんかよりこの人を見ていたい」とぽやぽやしていたりした。でもすぐに皆、セドリックと一緒に授業を楽しみ、満喫するようになった。それは間違いなく、セドリックの手腕によるものだと思う。

いつもの作り物っぽいすました顔はどこへやら、頬に泥をつけて笑うセドリックは無邪気な感じがしたけれど、面倒見のいい素敵なお兄ちゃんという雰囲気で、見ているとどきどき……って、それはいいとして。

「でも私からすると、同じ空間にあなたがいると思うと、手元がおろそかになってしまいます」

「おや？　それは、あなたに求婚する男が近くにいて、どきどきしてしまう……ということでしょうか？」

「そうじゃないです！」

図星だったのを隠すために言い返すとセドリックは、ははっと笑った。男子生徒と一緒に泥まみれになって作業している時と同じ、あっけらかんとした笑い方にまたどきっとしてしまう。

「それは残念。まあ、今回はマイヤー先生に……いや、彼のぎっくり腰に、感謝をしたいと思います。貴族男子科だと薬草の植え替え作業なんてしないから新鮮な体験でしたし、土いじりの楽しさもわかりました。それに……未来の妻が頑張る姿を、見られましたし？」

どこか妖しげな眼差しで囁くものだから、彼の向かいに座る私はぎくっとして身を引いてしまう。

「からかっていますよね？」

「まさか。そういえば、あなたがご友人と一緒にトモトモ草を古い植木鉢から引き抜こうとして、勢い余って尻餅をついてしまった姿はなかなか、貴重な光景でしたよ」

「からかっているじゃないですか！」

あの場面、ばっちり見られていたの!?　モニークに引っ張り上げられてから慌てて辺りを見た時、セドリックはこっちに背中を向けていたからひと安心したのに。

うう、顔が熱い。そしてにこにこしながら見つめてくるセドリックのことが、恨めしい。

「それに、ですね。私自身、研究生として学院に再び在籍することになって……楽しいと思っております」

むくれる私をよそに、セドリックはどこかしんみりとした口調で言った。

「殿下の護衛騎士として職務を全うすることに、なんら文句はありません。我がシャーウッド侯爵家の者は王族の護衛騎士になるよう、幼少期から鍛えられますからね」

ふと、セドリックは私の方を見た。

「デルフィーナ嬢はご存じでしょうか。私は、父の実の息子ではありません」

「はい、そのように伺っております」

そう、セドリックは護衛騎士団長の実子ではなくて、養子だ。社交界でも有名な話だし、『クロ愛』設定資料集にも詳しい記載があった。

彼の父である護衛騎士団長には息子がいたけれど生まれつき体が弱くて、十歳になる前に夭《よう》逝《せい》してしまった。武人の家系でありながら体の弱い子を産んだということで騎士団長の妻は陰で嫌みを言われ、息子を亡くしたことで一気に衰えて後を追うように亡くなってしまった。

妻と息子を亡くした騎士団長に後添いの話はいくつも上がったけれど、妻を愛する彼はそのどれにも頷かず、やがてセドリックを養子に迎えた。彼は平民の生まれだけれどずば抜けた剣術の才能を持っており……そして、どことなく亡き息子に雰囲気が似ていたそうだ。

養子と侮られることもあったセドリックだけど持ち前の才覚と穏やかな物腰で味方を増やし、第一王子ニコラスの護衛に選ばれるに至った、という設定だ。ただの優男ではなくてなかなか壮絶な人生を歩んできたセドリックだからこそ、『クロ愛』で多くのユーザーの心を掴んだのだと思う。

そんなセドリックの物言いに気になるところがあったので、尋ねてみる。

「セドリック様は、騎士以外にもなりたいものがおありだったのですか」

「いえ、剣術や体術は幼少期から得意でしたし、父の養子にならずともなにかしらの武人の道を歩んだとは思います。ただ」

そこでセドリックは、少し寂しそうに微笑んだ。

「私も生まれるところが違えば、私の養子先が違えば、学院の教師として生徒たちと一緒に泥にまみれながら笑っていた未来もあったかもしれない、と思って」

「………………」

「……なんて。こんな『かもしれない』の話をしたって、意味はありませんよね」

セドリックは小さく笑うと、私の顔を見て「おや」と声をあげた。

「おかわいらしい顔が陰っていますよ。もしかして、私の話でセンチメンタルな気持ちにさせてしまったのでしょうか」

「……別に、そういうわけじゃありません」

強がったけれど、図星である。案外チョロい私はついセドリックの話に同情してしまい、それが表情にも出ていたようだ。

すん、と表情を消して平常心を心がけるけれど、セドリックはくつくつ笑い、テーブルに少し身を乗り出してきた。

「私はあなたの笑顔が好きだと思っていましたが、案外悲しむ顔も好ましいです」

「趣味が悪いですね」

「しかも、あなたをしんみりとした気持ちにさせたのが他ならぬ私であることに、えも言われぬ満足感も抱いております」

「ほんっとに趣味悪いですね！」

つん、と顔をそらしてやった。

最近はすっかり、令嬢としての振る舞いをかなぐり捨ててしまっている自覚がある。実際、私はもう令嬢ではないし、セドリックに嫌われるのが目的であるのだから、少々荒っぽい所作をするくらいがいいと思っている。

それなのにセドリックはあまり気にしていないようで、笑顔のままだ。いつものうさんくささはあまり感じられないけれど、からかわれている気がして少しだけむっとする。

「私は自分の趣味が特段悪いとは思いませんが……あなたに言われるのなら、罵声だろうと甘美な愛の言葉に聞こえそうです」

それはさすがに耳鼻科に行ってください。いや、この世界に耳鼻科はないか。

「というか前から気になっていたのですが、あなたは私のどこがよくて求婚してきたのですか？」

せっかくだから、尋ねてみることにした。

デルフィーナ・ケンドールとして転生していることに気付いてから十年ほど経ち、その間私はゲームのデルフィーナのような悪役令嬢にならないように努力してきた。そのおかげでニコラスとは普通に仲良くなれたし、エミリともよきライバルとして切磋琢磨できるような間柄になれた。

今エミリは王城で暮らしているけれど、たまに手紙を寄越してくれる。また機会があったら、ニコラスも交えて三人でお茶でも、と考えている。

ただ、これまでのあれこれを振り返ってみてもセドリックから好かれるような心当たりはない。『クロ愛』でもセドリックとデルフィーナの絡みは皆無で、終盤の断罪シーンで顔を合わせるくらい。設定資料集にも、ふたりに接点があるとは書かれていなかったはず。

彼から好かれる要素ゼロのはずなのに、どうしてここまで執着——ではなくて面倒を見てくれるのかと思って問うと、セドリックは少し目を丸くした後に考えるようなそぶりを見せた。

「そうですね。強いて言うならば……あなたの後ろ姿に惹かれたから、でしょうか」

「後ろ姿？」

かなり意外な回答だ。横顔が素敵だとか顔の造形が綺麗だとか、そういうのならまあ、わかる。デルフィーナが美人であることについて謙遜するつもりはない。

でも、後ろ姿に惹かれるとは、これはいかに？　もしかして、セドリックは女性の後ろ姿やお尻が好きだとか？

「今、私のことを変人だと思いませんでしたか？」

「気のせいでしょう。それで、なぜ私の後ろ姿がよいのですか？」

「私はニコラス殿下の護衛として、あなたが殿下やエミリ様と関わる姿を見ておりました。あなたはかなり早い段階で、ご実家との縁を切り父君を断罪しようとなさっていたのでしょう。そうなると当然、殿下との婚約は解消。殿下はかねてより心を寄せていた男爵令嬢と結ばれることができる。そういった道筋を、あなたは計画立てていたのではないですか？」

「そう、ですね。お気付きだったのですね」

セドリックの鋭さに内心では舌を巻きつつ肯定すると、彼はふふっと笑って「まあね」と相槌を打った。

「ご自分を犠牲にしてでも最善の道を歩もうとするあなたの姿は、とても眩しかった。あなたはいつも、私の前を歩いてらっしゃった。振り返ることなく、信じる道を進もうとするあなたの背中を見ていて……いつしか恋情を抱いておりました。もし殿下との婚約が白紙になるのならば、他の男にかっさらわれるよりも前に手に入れたい、と思っていたのです」

予想以上に熱情的に語られて、さすがに頬が熱くなってきた。

ええと、つまり、彼の言うことが本当ならセドリックは結構前から私のことを見ていて、恋をしていて、ニコラスと婚約解消したことですかさず求婚してきたってことかな。

「そ、それは身に余る光栄です」

「なにをおっしゃいますか。本来ならば騎士団長の養子でしかない私が王子殿下の婚約者である伯爵令嬢を見初めるなんて、恥知らずもいいところ。身分を失ったあなたの弱みにつけ込んだ卑怯者、と詰《なじ》られてもおかしくないでしょう」

「今の私は平民同然で、セドリック様のお気遣いがなければこうして衣食住に満ち足りた生活なんて送れませんでした。だから、私にあなたを詰る権利なんてありません」

彼からの求婚に関しては懐疑的なところはあるけれど、私が彼の厄介になっているのは事実。だからこの点だけははっきりと言うと、セドリックは「そう言ってくださって助かります」とホッと笑顔になった。

「それにしても。私の恋の始まりを聞くということは、ひょっとして私のことが気になってきたのですか？」

「そういうわけじゃないです」

「恥ずかしがらなくていいのですよ。まあ、恥ずかしがる姿も愛らしくて素敵ですが」

「……明日も早いので、もう寝ます！」

「ええ、そうなさってください。ああ、ちなみにここしばらくは平民女子科の授業と関わることはなさそうなので、ご安心ください」

お、いい情報をくれるじゃないの。セドリックがいないこと確定なら、私もうんと羽を伸ばせる。明日もドラゴン研究クラブを訪問する予定なのだ。

＊＊＊

話をしている間は怒ったり悲しんだりしていたデルフィーナだが、最終的にご機嫌な様子でリビングを出ていった。

セドリックはソファから立ち上がり、窓辺に立った。ちょうど、デルフィーナが豊かな赤茶色の髪を揺らしながら離れの方に歩いていく後ろ姿が見える。

「……変な人だ」

ぼそり、とセドリックは呟く。デルフィーナがいた時に常時貼りつけていた鉄壁の笑顔は欠片もなく、元伯爵令嬢の背中を射るような眼差しで見つめていた。

王妃となる未来を約束された、ケンドール伯爵令嬢。たとえ父親が後ろ暗いことに手を染めていたとしても、告発しなければそのまま順調に国母となれただろうに……彼女は肉親を突き出し、自らも貴族令嬢の地位から転落する道を選んだ。

普通ならば平民落ちした元令嬢の行く先は、真っ暗だ。だが彼女はニコラスや彼の新たな婚約者となったエミリとも良好な関係を築いているようで、城に行った際に彼らから『デルフィーナは元気にしているのか？』と心配そうに尋ねられたものだ。

デルフィーナは、馬鹿ではない。ただ勉強ができるだけではなくて、臨機応変に対応できるだけの能力を持っており……そして恐るべき先見の明を持ち、貴族社会をうまく渡り歩く才覚と強《したた》かさをも併せ持っている。

　それなのに、彼女と〝仮の〟婚約者となってからというもの、デルフィーナが見せる表情にセドリックは驚かされっぱなしだった。つんとすました顔でニコラスと話をする姿ばかり見てきたから、セドリックの言葉にあっさり引っかかったり怒ったり悲しんだりと表情をころころ変える姿は、かなり意外ではあったが……悪くはない。

「もっと、いろいろな顔を見せてくれるだろうか」

　ふふ、と小さく笑ったセドリックは窓に背を向け、ベルを鳴らして使用人を呼んだ。

「お呼びですか、旦那様」

「ああ。手紙の準備をしてくれ。殿下にお伺いを立てたいことがある」

　使用人にそう言ったセドリックは、いつもの穏やかな微笑とは異なる薄い笑みを唇の端に浮かべていた。

＊　＊　＊

「それでは皆さん、さようなら」

「さようなら、ジョーンズさん」

「また明日」

私が挨拶をすると、クラスメイトたちが返事をしてくれる。

「ジョーンズさんって、成績優秀なのに偉そうにしたりしなくて、ちょっと意外だったわね」

「そうそう。シャーウッド侯爵家の縁者とかいうから、もっと権力を笠に着るかと思ったけれど……」

「なんとなく所作も、洗練されているし」

「編入者に負けるなんて悔しいけれど、認めざるを得ないわね」

そんな声がどこからか聞こえてきた。

私がアナスタシア学院に編入して、一カ月。この間、私は編入者として目立つことなく、しかしやるべきことはきちんとやり、謙虚な姿勢を崩さないよう努力してきた。

どの世だろうと、出る杭は打たれるもの。しかも侯爵家の縁者なんて身分を引っ提げて編入なんて、「私は出る杭です！　さあ、叩いてください！」と言っているようなもの。

だから私は同級生たちになじめるよう、細心の注意を払ってきた。学習内容はほぼすべて去年履修済みだけど、それをひけらかしたりしない。

それに貴族女子科と平民女子科では受講内容も少し違うから、そういうところでは後れを取らないよう努力をした。この前セドリックが乱入してきた薬草学の授業も平民科にしかない科目だったから、植え替えの時に尻餅をついてしまったのだ。

そのおかげか、今のところ皆からの印象は悪くないみたい。最初の頃はぼっち飯だったけれど最近はモニークをはじめとして、一緒にご飯をしてくれる人もできた。

ご飯を食べながら、おしゃべりに花を咲かせる。話題は男子科の格好いい同級生のことだったり、ちょっとかわいい下級生のことだったり、愚痴だったり、最近できたスイーツショップについてだったり。

ああ……よきかな、青春！　前世の高校生時代を思い出すような、こういう生活を送りたかった！

とはいえ。

「モニーク、今日もやるわよ！」

「フィーが放課後になると作業服姿で竜舎に通うなんて、クラスの子に言っても信じてもらえなさそうだわ」

モニークがぽつんと呟いた。

つい先ほどまで清楚な深緑色のワンピースを着ていた私は今、作業服に衣装チェンジしていた。長い髪はまとめて帽子の中に入れ、手には軍手を嵌める。準備万端だ。

「最初は軽い気持ちで誘ったのに、まさかここまで通い詰めてくれるとはね」

「だって、早くドラゴンたちと仲良くなりたいもの！」

ふふっと笑ってモニークに答えた。

私は先日、ドラゴン研究クラブに正式加入した。加入といっても、ややこしい手続きとか保護者のサインとかは必要ない。自分で書類を書いて生徒会に提出したら、終了だ。

なおこの学院のクラブ活動は日本の部活動と違い、顧問の先生がいるわけではない。中には先生も一緒に活動しているクラブもあるけれど、ほとんどは生徒たちが主体となって活動して、その総括を生徒会が行っている状況だ。

去年、生徒会の会計処理でドラゴン研究クラブの帳簿を見たけれど、支出に「餌代」「竜舎維持費」などがある傍ら、収入の欄に「ドラゴンの糞」というのがあっておもしろかった。ドラゴンの糞は良質な肥料になるため、農家に売却できるらしい。

クラブの皆に挨拶をして、いざドラゴンたちの待つ竜舎へ。

相変わらず私はドラゴンたちからあまり好かれていなくて、しょっちゅうくしゃみをされたり鼻息を吹きかけられたりしている。でも部長曰く、『本当に嫌いな人に対しては威嚇するから、「こいつうざいなぁ」くらいの気持ちだと思うよ』とのことだった。

ガチで嫌われるよりはうざがられる方がましだけど、なぜ私にだけこんなに手厳しいのだろうか。

「じゃあフィーは今日も、ビルルブルルのお世話をお願いね」

「了解、モニーク先輩！」

モニークの指示を受けて、私は意気揚々とビルルブルルのところに向かった。

やあ、こんにちはビルルブルル！　おやつを持ってきたよ。今日も灰色の鱗が素敵だね！

丸くなっていたビルルブルルは私を見ると、「うわぁ、面倒くさいやつが来た」と言わんばかりの目を向けてきた。うん、いつも通りだからもう慣れた。

「ほら、美味しい美味しいおやつだよ！」

猫撫で声で言って、大きな骨付き肉を差し出した。脂たっぷりの肉を見て、ビルルブルルがぴくりと反応する。

……ふふ。どうやらこの子の中で、「うざいやつに近付くこと」と「美味しいおやつをもらえること」が天秤にかけられているようだ。だが、しかし！　ビルルブルルはここで飼われているドラゴンの中でも食い意地が張っていることで有名なのだ。

案の定、ビルルブルルは少しの間そわそわしていたけれどやがてのっそりと体を起こし、差し出した肉の骨の部分に噛みついて私の手からもぎ取った。

おおー、食べてくれた！　私に尻を向けながらではあるけれど、食べている。ついでに尻尾でばしばしと地面を叩いて不機嫌を表しているけれど、十分だ。

おやつを受け取ってくれたので、ビルルブルルの食事中に私は竜舎を掃除することにした。掃除は、前世からわりと得意な方だ。

思えば伯爵令嬢に転生してから、こういうこととは縁がなかった。

貴族はあれをやれ、これをしろ、と使用人を顎で使うもの。特に私の父親なんかは使用人を人間とすら思っていなくて、視界の端に存在していても「いないもの」として扱うのが当たり前だった。

それはこの世界の貴族としておかしなことではないけれど、壁際に控える使用人たちをまるで透明人間であるかのように扱う父の姿にぞっとしたものだ。

掃除をすれば疲れるし、臭いがするし、服も汚れる。でもなんだかんだ言って私はやっぱり、こうして地道な仕事をする方が肌に合っていると思う。ニコラスの妃になるなんてとんでもないし、セドリックと結婚するのだって、私のタマではない。

『クロ愛』でのデルフィーナは、王妃になることに執着していたようだけれど、王妃の椅子って、そんなに座り心地のいいものなのかな。

今、エミリは一生懸命王妃教育を受けているみたいだけど、彼女はニコラスを愛しているから頑張れるのであり、ゲームのデルフィーナのように、「王妃になる」ことだけが目的だった場合、辛くて厳しい人生になると思う。

そんなことを考えながら竜舎の床を掃いていたので、おやつを食べ終えて骨をかじっていたビルルブルルが顔を上げ、竜舎の入り口をじっと見ていることに気付くのが遅くなった。

「あ、ジョーンズさん！　ちょっとこっちに来てくれ！」

考え事をしつつ集めたごみをちりとりに入れていた私を、背後から呼ぶ人が。振り返ると、竜舎の入り口のところで部長が手招きをしていた。

「お客が来たんだ。皆でご挨拶するよ！」

「あ、はい。了解です！」

そういうことなら、掃除は後回しにして挨拶に行かないと。

あ、今の私、作業服姿だし掃除の途中だから臭いもする。でも部長は今すぐ来いって感じで呼んでいたから、仕方ないよね。

「じゃ、ちょっと行ってくるね、ビルルブルル……」

私のことをうざがっている相手にも一応声をかけたけれど……ビルルブルルは私をガン無視で、入り口の方を凝視していた。ぴんと尻尾を伸ばして、瞳孔を広げている。これは確か、わくわくしている時の仕草だってモニークが言っていた。ビルルブルルも、お客さんが来ていることに気付いたのだろうか。

焼け石に水だろうけど手を石けんで洗って少しでも汚れと臭いを落とす努力をしてから、入り口の方に向かう。そこには既に私以外のドラゴン研究グループのメンバーがそろっていて、お客を——え？

「ああ、来たか、ジョーンズさん」

部長は私を見てから、「お客」の方を手で示した。

「今日からこちらの方が、ドラゴン研究クラブの指導員になってくださるそうだ。紹介しなくても、ジョーンズさんはよくわかっているだろうけれどね」

「…………」

「セドリック・シャーウッドです。どうぞよろしくお願いします」

絶句する私に向かって、客――もとい私に求婚中の男が、にこやかに挨拶したのだった。

「セドリック様、お話があります」

「ありがとう、嬉しいですよ。さあ、座ってお茶でも飲んでください」

「いただきます」

くれるものはもらう、というのが私の主義だ。

セドリックの向かいの席に座り、メイドが淹れたお茶をぐいっとあおる。さすが名門シャーウッド侯爵家、茶葉の質がとってもいい。

「……私がなにを申し上げたいか、わかっていますよね？」

「もちろん。お腹がすいているのですよね？　どうぞ、茶菓子です」

「違います」

「それは残念。茶菓子は不要ですか？」

「い、いただきます」

セドリックが差し出しているのは、シャンデリアの明かりを受けてきらきら輝く砂糖菓子だ。

前世では普通に手に入ったけれどこの世界では砂糖の質がピンキリなので、こんな真っ白な砂糖菓子は滅多に食べられない。実家の伯爵家でも、さすがにここまで良質な砂糖菓子をホイホイ食べることはできなかった。

私が砂糖菓子を食べていると、セドリックが微笑んだ。

「ふふ。あなたは笑顔が一番だと思いましたが、こうしてむっつりとした顔で砂糖菓子を頬張る姿もまた、愛らしいですね。もちろん、今日のシンプルな服装も似合っていましたが……」

「そう、その話です！」

いい感じに話題を振ってくれたので、砂糖菓子を飲み込んでからセドリックに詰め寄った。

「セドリック様、どうしてドラゴン研究クラブの指導員になったのですか。私の近くには来ないとおっしゃいませんでしたか？」

「平民女子科の授業と関わることはなさそう、とだけ申したので、授業以外であなたと接点を持つのは約束破りではないですよね？」

そう、だっけ？　いや、確かにそんな言い方をしていた気がする……。くっ、わかっていて言ったな、この人！

ぐぬぬ、と黙る私をおもしろがるように見て、セドリックも砂糖菓子をぽいっと口に放り込んだ。

「ちなみにご存じかもしれませんが、私は竜騎士の資格も持っております。これでもドラゴンに好かれる体質のようでしてね、私が近付いただけで多くのドラゴンが好意を示してくれるのですよ」

そういえば竜舎で、ビルルブルルが「お客」の気配を感じていた。感覚が鋭いのかな、と思っていたけれどあれは実は、他ならぬセドリックが近付いていたから喜んでいた、ということなのか。

片や、初対面からドラゴンにくしゃみをされてうざがられる女。片や、竜舎に近付いただけでドラゴンを喜ばせる男。

……悔しい。

「ドラゴンと仲良くなれない私を、からかいにいらしたのですか」

つい、とげのある言い方をしてしまった。八つ当たりだとわかっていても、余裕たっぷりの表情を見せるセドリックのことが憎らしくて……羨ましかった。

途端、セドリックはすっと微笑みを消した。え、まさか、怒る……？と、どきっとしてしまったけれど、すぐに彼は苦笑を浮かべた。

「そんなことはしませんよ。というより私は、あなたがドラゴンと仲良くなれていないことを今初めて知りました」

「…………」

「ドラゴン研究クラブの指導員になったのはもちろん、未来の妻であるあなたの様子を見たいから、というのが一番の理由です。あとは、ドラゴンと相性のいい人材を早いうちに見つけておくのは竜騎士育成にも繋がるから、というのもあります。ニコラス殿下も、竜騎士の枠を増やそうとお考えになっていますからね。私の提案にも、同意してくださいました」

つまりドラゴン研究クラブにやってきたのは、私的と公的、両方の目的があったということか。まだ確定していないから、「未来の妻」はどうかと思うけれど。

ただ単に私をストーキングするためだけだったら文句も言えるけれど、未来の竜騎士の育成のため、と言われたらぐうの音も出ない。それにニコラスだって、セドリックの背中を押してくれたことだろう。……この人のことだから、そういうこともすべて読んだ上で言っているのかもしれないけれど。

押し黙る私を見て、セドリックはゆっくりと笑みを消した。

「元伯爵令嬢が竜舎に通い詰めていると聞いて、最初はただの好奇心ゆえかと思っておりました。しかしあなたは本気で、ドラゴンと仲良くなりたいのですね」

「はい。小屋の掃除やおやつやり、鱗磨きとかはなんとかできているのですが、なかなか警戒心を解いてくれなくて……」

弱気な言い方になってしまう。だって、初対面でくしゃみをかまされるほどうざがられているって、よっぽどみたいだもの。

す、と私の正面からセドリックがいなくなる気配がした。ああ、あきれて部屋を出ていってしまうかな、と思っていたら。

「……失礼。隣、よろしいでしょうか？」

思いのほか近くから、セドリックの声がした。顔を上げると、私の左横に立って許可を求めるセドリックが。ここはセドリックの屋敷で私は居候なのだから、問答無用で座ったって誰も文句は言わないのに。

「もちろんです」

「ありがとうございます」

セドリックは律儀にお辞儀をしてからそっと私の隣に座った。男性用の香水の香りだろうか、彼からほんのりと清涼な匂いがする。

「竜騎士の資格を持つ私の経験から申し上げますと。本当にドラゴンに嫌われている人は、おやつやりや鱗磨きはおろか、小屋に入れてさえもらえませんよ」

「……そう、なのですか？」

おもむろに彼の方を見ると、セドリックはにっこりと笑って頷いた。

「はい。ドラゴンは賢い生物で……その分、好悪の感情などもはっきりしています。たとえば敵意を向けてくる相手に対してドラゴンは容赦なく威嚇し、近付こうものなら牙や爪で襲いかかります」

セドリックの説明を聞いて、うかつに近付いた私がビルルブルルに八つ裂きにされる光景を想像してしまいぶるっと震えたけれど……あれ？

「私、くしゃみをされたりうざがられたりはしますが、攻撃されそうになったことはありません」

「ええ、それなら十分に望みがあります。あなただって、見るからに怪しい人からおやつをもらったりしないでしょう？　そういうことです」

この人は私をなんだと思っているんだとは感じつつも、言っていることはすごく納得できるし、安心できた。

そっか。一生ドラゴンに嫌われるわけじゃなくて、まだ十分に望みがあるんだ。

「それならよかったです。あ、あの。励ましてくれて……ありがとうございます」

「はは、私はただ事実を述べただけですよ。ただ……そうですね。もしあなたが本気でドラゴンとの絆を深めたいというのなら、お手伝いしますよ」

「お手伝い？」

まさかお手伝いと引き換えになにかを要求されるのでは、と警戒してしまう。「ドラゴンと仲良くなる方法を知りたければ、今すぐ結婚しろ」って脅したりしないよね？

私が関心半分疑い半分の目で見たからか、セドリックは苦笑いした。

「対価になにかを要求したりはしませんよ。頑張れば、ドラゴンの背中に乗って空の散歩ができるかもしれません。空、飛んでみたいですか？」

「飛びたい！」

つい食い気味に答えると、セドリックはちょっと目を丸くしつつも笑顔で頷いた。

「それなら、是非とも協力させてください。未来の妻……ではなくて、ドラゴン好きの仲間を応援しますよ」

茶化すように言われたから一瞬どきっとしたけれど、仲間、という言葉にホッとできた。

仲間……うん、仲間っていい響きだ。

セドリックはモニークと同じ、趣味の仲間。そう思うと彼の申し出を素直に受けようという気になれた。ドラゴン好きに悪い人はいない……と思う。

＊　＊　＊

ドラゴンに嫌われているかも、と言っている時には寂しそうな眼差しをしていたデルフィーナだが、話を終えるとすっかり上機嫌になりお茶も茶菓子もすべて平らげて、「宿題をしないと！」と足取りも軽く離れに戻っていった。

茶器などをメイドたちに下げさせ、セドリックは真顔になって考え込む。彼の頭の中を巡っているのは、先ほどのデルフィーナとのやり取り。

ドラゴン研究クラブにお邪魔したことについてデルフィーナが文句を言ってくるだろう、ということは予想していた。そうしたら軽くいなし、「未来の妻の頑張る姿を見たいのです」のような言い訳をして彼女を言いくるめようと思っていた。

だが「お手伝いをする」なんて、言うつもりはなかった。からかってデルフィーナを少し怒らせて、今日の話は終わりにするつもりだった。

手伝いなんかすれば、手間が増えるのは明らかなのに。普段の自分は、もっとよく考えて相手の思考を読んでから発言するはずなのに。

それなのに、自分の意図に反して、するりと口をついて出てきてしまった。

「……悪くない、と自分で思っているのが、一番問題なのかもな」

どこか楽しそうに呟いたセドリックだが、ふと真剣な眼差しになった。そして髪を雑にかき上げると、自室に向かった。

誰も入らないように部屋の鍵をかけ、デスクに向かう。その上にある小さな書棚の天板を慣れた手つきで開き、そこに隠されていた書類を手に取った。

「……わかっているとも」

自分に言い聞かせるように呟くセドリックの瞳は、暗く陰っていた。

三章　厄介な求婚者

セドリックが研究生として押しかけてきてしばらくは、彼とどこで出くわすだろうかとひやひやしていた。でも二カ月も経つと、おっ、今日は会わなかったな、とか、今のところ三日連続で遭遇しているな、と達観できるようになった。

まるで、ゲームでレアモンスターと遭遇した時の気持ちだ。セドリックのことは、たまに現れて経験値やお金をたくさん落としてくれるモンスターだと思えば気が楽だ。

……ただ彼は私が無の境地に達していることに気付いたようで、作戦を変えてきた。

「セドリック様って、最近婚約なさいましたよね？」

「確か、婚約者の方をご自宅の離れに住まわせてらっしゃるとか」

「やはり、婚約者を近くに置いておきたい……という気持ちなのですか？」

少し離れたところできゃっきゃとはしゃぐ同級生の声を、私は教科書をガン見することで気にしないように頑張っていた。

現在は、歴史の講義が終わったところ。授業内容は一年前に貴族女子科で受講したものとあまり変わらないので、理解度に関しては問題ない。

ほぼ同じ内容を二度も聞くのはおっくうかもしれないけれど、皆が背筋を伸ばしてぴりっとした雰囲気の中で聞いていた去年の授業より、クラスメイトが活発にあれこれ意見する今年の授業の方が楽しかったりもする。

　歴史や言語学などの授業は、平民の男女が一緒に受講する。そのため、平民男子科の付き添いをするセドリックと遭遇する確率も結構高かった。

　そんなセドリックは今、平民女子科の生徒たちに囲まれておしゃべりをしている。最初の頃は彼のことを高嶺の花と遠くから見るばかりだった女子たちも、最近は距離を縮めるようになっていた。

　女子生徒たちに詰め寄られたセドリックは、いつもの完璧な笑顔で応じている。

「デルフィーナ嬢のことは、彼女からの返事待ちの状況です。ただ彼女はこれまでに辛い経験もしてきたので、まずは落ち着いた環境で心と体を休められるようにと、離れを貸しております」

「まあ、そうだったのですね」

「ということは、デルフィーナ様とはまだ婚約されていないのですね」

「ええ。とても恥ずかしがり屋で、慎ましい人なのです。ご実家のことがあるからか、私の求婚にも遠慮がちですが、そんなところがまたいじらしく、魅力的なのです」

　……どんなに心を無にしようとしても、セドリックの涼やかな声は否応なしに私の耳に入ってくる。

わざとなのかなんなのか、セドリックたちは教室の入り口付近を陣取っている。そのため逃げるためには彼らの前を通らないといけないし、そもそも次の授業もここで受けるのでいちいち出ていくのも面倒くさいと思ってしまう。

というか、私のことをいじらしいとか慎ましいとか、絶対に思っていないでしょう。もうセドリックの前では猫を被るのをやめているし、ドラゴンの糞にまみれて活動していることもばれているし。さては、私をからかうために言っているのかもしれない。

悶々とする私をよそに、女子生徒たちはきゃあっと声をあげた。

「セドリック様はデルフィーナ様のことが、本当にお好きなのですね！」

「羨ましいです！　私たち、まだ婚約者がいなくて……」

「はは、照れますね。でもいずれあなたたちにも、ご自分のことを心から愛してくれる人が現れます。こんなに活発で明るい女性たちなのですから、間違いありません」

ほー、なかなか言うじゃないの。女子生徒たちも、「まあっ！」「嬉しいです！」と素直に喜んでいる。自分はデルフィーナひと筋だということをアピールして下手に女子生徒たちに期待を持たせたりせず、応援者の立場であろうとする。さすがね。

とはいえ、当の本人のいる前でのろけないでほしい。いや、セドリックのことだから私が困ることをわかっていてやっているんだろうけれど。

もうすぐ授業が始まるのでそれぞれ席に着く中、セドリックがちらっとこっちを見た。青い目に見つめられてどきっとしつつも、軽く頭を下げる。セドリックもまた〝遠縁の娘〟を見かけたという感じで、小さく頷きを返してくれた。

こういうところがあるから、憎めない。厄介な人だ。


授業を終えたら、モニークと一緒に着替えをして竜舎に行くのが毎日のルーティンになっていた。

「最初の頃は竜舎の臭いが髪についているような気がしたけれど、人間の鼻ってすぐに慣れるものなのね」

「ドラゴンの臭いって、結構落ちやすいのよ。獣のように毛皮がないし汗も出ないから、糞以外の臭いがほとんどないからだと言われているわ。よだれは別だけれど」

「なるほど」

モニークは将来ドラゴン調教師の仕事をしたいようで、休憩時間にもよくドラゴン関連の本を読んでいる。本人曰くどちらかというと運動は苦手で体力もない方だけど、鱗磨きや小屋掃除のおかげで足腰はしっかりしているし、ドラゴンの鱗に触れただけでその子の大体の体調がわかるという特技も持っているとのことだ。

ドラゴン調教師の仕事に就くには、学院を卒業してから何年か先輩調教師のもとで修行する必要がある。モニークの実家の貿易商売は弟が継ぐそうなので、モニークは好きな仕事をしつつ、いつかいい人と巡り会えたら……と考えているそうだ。

　夢があって、素敵だな。

　かく言う私は十代にしてウキウキ隠居生活を送ろうと考えるくらい枯れているから、モニークが一層輝かしく思える。私も学院を卒業したら、なにか仕事でも始めようか。そうしたらセドリックに学費を返す算段もつくし、モニークみたいにいつまでも輝いていられそうだ。

　さて、竜舎ではいつもの三頭のドラゴンが私たちを待っていた。私が担当するのはもちろん、一番小柄なビルルブルルだ。

「ビルルブルル、こんにちは。今日も私があなたのお世話をするわね」

　なるべく明るく呼びかけると、奥の方で丸くなっていたビルルブルルがのっそりと体を起こし、首だけをひねってこちらを見てきた。ナイフで切れ目を入れたかのような形の鼻の穴がふすふす動いているから、またくしゃみをされるかも……。でも、威嚇されないだけ十分だってセドリックも言っていた。

「まずは、掃除をするね。邪魔にならないようにするから」

　言葉は通じないだろうと思いつつもビルルブルルに呼びかけると、彼は「勝手にしろ」と言わんばかりの態度でぷいっとそっぽを向き、私に尻を向ける形でとぐろを巻いた。

　うん、威嚇されないだけ十分、十分。

「あはは！　もう、じゃれたらダメよ、マリンモリン！」

少し離れたところから、モニークの声がした。ピッチフォークを手にそちらを見ると、中型のドラゴンに頬ずりをされて歓声をあげるモニークの姿があった。赤い鱗を持つドラゴン――マリンモリンは私が近付くと嫌そうな顔をするのに、モニークの前だとぐりぐりと額をこすりつけ、甘えるように低い唸り声をあげている。

モニーク、羨ましいな。いや、経験年数が違うのだから仕方ないことだけどそれでも、ビルルブルルよりさらに大きなドラゴンに懐かれる姿は眩しくて……少しだけ胸が痛かった。

やがてモニークはマリンモリンの背中に手早く鞍を着け、入り口のところで上着と帽子を着用する。そして手綱を手に、マリンモリンと一緒に竜舎を出ていった。

あの格好、見たことがある。ドラゴンたちは運動のために、一日に何回か空の散歩をする。担当する時は上空で強風を受けても平気なように、ああやって上着と帽子を着用する決まりになっていた。

モニークは、ドラゴンの空中散歩も任されている。前に一度だけ彼女がドラゴンと一緒に空を飛ぶ姿を地上から見たことがあるけれど、本当に楽しそうだった。

竜舎には今、私以外のクラブメンバーがいないから、すん、と鼻を鳴らした音が思ったよりも大きく響いた。ビルルブルルがちらっとこちらを見たので「なんでもない」という意思表示のために首を横に振ってから、ピッチフォークを握り直す。

私は私で、やるべきことがある。空を飛ぶなんて、まだまだずっと先の話。こつこつと頑張ればいつか、モニークみたいに……。

「でも私、来年には卒業する」

つい声に出してしまい、自分で自分を落ち込ませてしまった。

モニークは入学してすぐにドラゴン研究クラブに入ったそうだから、今年で活動二年目。一方の私は編入生で、残された時間は一年足らず。卒業するまでの間にドラゴンと仲良くなれるという保証はない。

デルフィーナとして生まれた私は、勉強などを頑張った。デルフィーナはもともと才能豊かで、ラスボス令嬢たらんとするのに必要な補正があったから、前世が凡人だった私でも好成績をたたき出すことができた。

でも今、ドラゴンを前にした状態だと、デルフィーナが持っていた補正は効かない。丸裸の〝私〟では、ドラゴンたちを懐かせることができない。

これが〝私〟の能力の限界。そう現実をつきつけられているようで、胸の奥をぎゅうっと絞られるかのような息苦しさを覚える。

「私、情けないね、ビルルブルル」

「自分が情けないと認められる人は、十分強いと思いますよ」

私の呟きに、ビルルブルルが応えた——わけではなくて。

はっとして振り返ると、質素な作業着姿になってもなお気品を失わない人がゆったりとした足取りでこちらに歩み寄ってくる。

いつの間に、竜舎に入っていたんだろう。全然気付かなかった。

「セドリック様……」

「こんにちは、フィー。今日も元気にクラブ活動をしているようですね」

セドリックは朗らかに挨拶して、私の隣に並んだ。今の私たちはシャーウッド家の令息とその遠縁の娘だから、彼は私のことを偽名で呼んでいる。

ドラゴンに好かれる体質のセドリックが来たからか、それまでそっぽを向いていたビルルブルルがすぐさま振り返り、セドリックに甘えるように近付いてきた。

セドリックはビルルブルルと目の高さが近くなるようにしゃがみ、「今日も綺麗な鱗だね、ビルルブルル」と優しく声をかけて頭を撫でてやった。

今のセドリック、すごく穏やかな表情をしている。なんというか、いつもはもっとうさんくさくて真意の読めない感じの笑顔なのに、今は頬を緩めて目尻を垂らし、大切なものを見つめる眼差しでビルルブルルを見ている。

とくん、と心臓がひとつ脈打つ。

「……セドリック様は本当に、ドラゴンがお好きなのですね」

私が呟くと、ビルルブルルの頭を撫でながらセドリックがこちらを見上げた。

「うん？　ああ、そうですね。ドラゴンに限らず、生き物全般は好きですよ。私、昔から動物にやたら好かれる体質でして」

「動物たらし……」

「褒め言葉として受け取っておきましょう」

セドリックはさらりと言うと、ぽんぽんとビルルブルルの首筋を叩いてから立ち上がった。

「ドラゴンに限らず、動物はいいですよね。癒やされます」

「そうですね。日常生活を送っていて息苦しいと思うことがあっても、動物とふれあっていると肩の力を抜くことができます」

「おや、意見が合いますね。私もたまに、気持ちが落ち着かない時にドラゴンの背に乗って空を飛んだりします。ついさっきまで自分が歩いていた場所が、眼下に小さく見える。そうすると、ちょっとしたことで悩んでいたことが馬鹿馬鹿しくなるのです。空から見下ろしていると、人の営みなんてちっぽけなものだと気付かされます」

セドリックはなめらかに語るけれど、空を飛んだことのない私はうまく相槌が打てない。

黙っていると、セドリックは「そういえば」とビルルブルルに視線を向けた。

「フィーは、ビルルブルルたちに話しかけていますか？」

「え？　え、ええと、まあ、独り言同然にはなりますが、それなりに」

「それはいいことです。ドラゴンたちには人間の言葉が理解できませんが、声音からその人の感情や優しさをくみ取ることはできます。だから、むっつり黙って作業をするよりは返事がなくとも話しかけている方がより仲良くなれますよ」

ドラゴンに話しかけるなんて寂しいやつ、と言われるかと思いきやセドリックはあっさり同意し、すり寄ってくるビルルブルルの翼のつけ根を撫でた。

「それから……そうですね。甘やかすだけではダメです。ドラゴンは階級を重んじる生き物だということは知っていますよね？」

「はい。モニークが、鱗の色と体の大きさで階級が決まると教えてくれました」

「そう。ドラゴンはそもそも、しっかりとした階級制度を重んじているのです。だから彼らと絆を深めるならば、基本的には甘やかしていいのですが時には厳しく接さねばならないのです」

「……あー」

それは確かに、反省点かもしれない。

ビルルブルルたちにうざがられていると自覚している私は、どうしても彼らに対して低い物腰で接していた。モニークたちは、いきなり噛みついたりはしないと言っていた。それでも、ドラゴンの気に障りかねないことは減らさないと、と思って遠慮して……逆に言えば、甘やかしていた。

セドリックは私を見て、ふふっと笑った。

「そうやって自分の行いを反省できるのは、とても立派なことです。フィーならドラゴンたちと仲良くなれますし、きっと近いうちに背中に乗せてもらえますよ」

「本当ですか？」

「私が言うのだから、信じてください」

穏やかな口調はそのままに、ふとセドリックは青色の目に真剣な色を乗せて私を見つめてきた。

いつも屋敷で見せるひょうひょうとした掴みどころのない余裕の笑顔とは違う、鋭く静かな眼差しは、どこまでも透き通っていて……どくん、と心臓が不規則に脈打った。

あれ、なんだか、おかしい。セドリックの顔なんてもう見慣れているのに、こんな真剣な表情を初めて見たかもしれない。

いや、ひょっとしたら、これが彼の本当の顔なのでは？　私の文句をのらりくらりとかわす時とは違う眼差しで、「信じてください」と言われたら。そんな真面目な眼差しを向けられたら——

ぴしゅっ、というビルルブルルの小さなくしゃみで、私ははっと我に返った。それはセドリックも同じだったようで、ひとつ瞬きをしてからビルルブルルを見つめた。

「どうやら自分を差し置いて私たちが話し込んでいることで、拗ねてしまったようです」

「まあ、そうなのですか？　ごめんなさいね、ビルルブルル。セドリック様ともっと仲良くしたいのに、私が邪魔だったわよね」

「ふふ、それはどうでしょうかね」

セドリックは意味ありげに微笑んだ後、天井近くにある窓を見上げた。そこから、空を優雅に飛ぶマリンモリンとモニークの影が見える。

ちょっと前までは空を飛ぶモニークの姿を見ると悔しくてたまらなかったのに、今は不思議なほど穏やかな気持ちで友人の姿を見られることに気付いた。

「まだモニークたちは帰ってこないでしょうし、せっかくだから私と一緒にビルルブルルのお世話をしましょうか」

「え、ええ。ありがたいのですが、汚れますよ?」

「はは。竜騎士たる者、ドラゴンの汚れを厭うわけがないでしょう。むしろドラゴンの糞なんて、社交界の薄汚れた人間関係よりよほど綺麗で純粋ですよ」

つまり、煩雑な人間関係はドラゴンの糞よりも汚いということか。なんともハイレベルなブラックジョークだ。

でも、そんなお上品とは言いがたいジョークをさらりと言ってしまうセドリックがなんだかおかしくて、つい小さく噴き出してしまった。つられたのかセドリックもくすっと笑い、小屋の隅に置いていたバケツを持ち上げた。

「さあ、さくっと掃除してしまいましょう。これでも私、見習い騎士時代には竜舎掃除が得意だったのですよ」

「それはすごいですね。お手並み拝見させてください」

「任せなさい」

セドリックは、片目をつぶった。

彼に求婚されて、約三カ月。

初めて、セドリックと一緒にいて楽しいと思える時間になった。

「お久しぶりでございます、ニコラス殿下、エミリ様」

「ああ、久しいな。元気そうでなによりだ」

「お久しぶりです、デルフィーナ様！」

私がドレスをつまんで挨拶をすると、ふたりは朗らかに応じてくれた。

ここは、ローレン王国王城三階にあるベランダ。週末で学院の授業もない今日、私はニコラスとエミリに招かれてお茶の席にいた。

ふたりが婚約を発表してから、三カ月ほど。エミリは離宮で暮らしながら王妃教育を受け、ニコラスもまた国王陛下の右腕として政治の補佐をしつつ、エミリとの時間も大切にしているようだ。

学院にいる頃はふわふわとした砂糖菓子のような少女だったエミリは、ここしばらく見ない間に大分雰囲気が変わっていた。ピンクベージュの髪はきっちりと結い上げられ、豪奢ながらに落ち着いた意匠の髪飾りでまとめられている。

平民女子科の制服を脱いでドレスを普段から着用するようになっていても、まだどこかぎこちないところもある。本日着ているキャラメルブラウンのドレスは彼女の十七歳という年齢にしては地味すぎる色合いだけれど、胸元の白いフリルやルビーの美しいブローチ、袖口の繊細なレースなどのちょっとしたところからそのドレスの仕立てのよさが見えてくる。素人ではわからないだろう、超高級品のドレスだ。

その隣に座るニコラスは相変わらずのインテリ眼鏡王子だけど、昔よりもぐっと表情が穏やかになり、言動のひとつひとつが丁寧で優しさに満ちていることに気付いた。

平民である私は本来ならば王太子とその婚約者のお茶の席にいるわけにはいかないけれど、『身分が変わろうと、デルフィーナは私たちの友人だ』とニコラスたちが言ってくれた。そして実の父を断罪してでも正義を貫こうとしたという私の評判もあって、私たちは三人水入らずでお茶を飲む機会を得られた。

当然見張りもいるけれど、彼らはニコラスの腹心でありセドリックの知人でもある。皆、私が偽名で学院に編入していると知っているので、気兼ねなく話をすることができた。

まずは美味しいお茶とお菓子を楽しんだところで、「そういえば」とニコラスが切り出して、しげしげと私を眺めてくる。

「君と会うのも数カ月ぶりだが、随分雰囲気が変わったな」

「そうですか？」

「ああ。なんというか……憑き物が落ちたような顔、といったところかな」

ニコラスは考えながら言うけれど、それってつまり自分との婚約解消を憑き物扱いしているんじゃないかな。ちょっと突っ込みにくい。

「まあ、殿下。そんなことをおっしゃってはデルフィーナ様が返事にお困りになりますよ」

すかさずエミリがフォローしたので、ニコラスは「すまない」と素直に謝った。どちらかというと淡々とした印象のあったニコラスだけど、エミリと一緒に過ごすようになってから変わったみたい。

「殿下こそ、エミリ様と一緒だからか、穏やかそうな雰囲気でいらっしゃいます」

「む、そうか？」

「ええ。おふたりが幸せそうでなによりです」

私がそう言って心からの笑みを向けると、ニコラスは少し恥ずかしそうに微笑んで頭をかいた。こういう仕草も、私と婚約していた頃は見られなかった。彼にとってもベストなエンディングを迎えられたようで、なによりだ。

「それよりも！　私、デルフィーナ様のお話を聞きたかったのです！」

カップを置いたエミリが身を乗り出して言うと、ニコラスも大きく頷いた。

「ああ、だからこうして時間を取らせてもらったんだ。セドリックとは、うまくやっていけているか？」

「それは……」

「先に言っておくが、彼は私の護衛騎士だが、だからといって忖度する必要はない。君に求婚した男として甲斐性があるのかについて、忌憚のない意見を聞かせてくれ」

大真面目な顔で言われるものだから、つい笑みをこぼしてしまう。

なんだかんだ言ってニコラスも私のことを気にしてくれているし、今の彼は未来の国王ではなく、私とセドリック両方の友という立場で意見を求めてくれているのがわかって、なんだか嬉しかった。

「セドリック様には本当に、よくしていただいております。婚約の返事待ち、という宙ぶらりんな状態のわたくしにもお心を砕いてくださり、また学院でも研究生の立場として陰ながら私の様子を見守ってくださっています」

「ああ、確かにあいつ、研究生になるとか言っていたな。……それで？　今のところよい面しか言わなかったが、悪い面は？」

「明らかにわたくしをからかっていることが多いのと、あまりにも構ってきすぎて困ることがある面でしょうか」

ややストーカーチックに感じられることもあるけれど、いくら無礼講とはいえさすがにそれは言えないのでなるべくマイルドに表現して伝えると、エミリは目を丸くし、ニコラスはくつくつと笑い始めた。

「ふふ。確かにセドリックは、好きな女性をからかいたいタイプだろうな」

「でも、愛ゆえだとしてもやりすぎはよくありませんよね。デルフィーナ様はお嫌ではないのですか？」

エミリはかなり現実が見えている子みたいだ。「愛があるならばなんでもオッケー」というタイプではなさそうなので、ますます彼女への好感度が上がっていく。悪役令嬢から主人公への好感度指数は、ないけれど。

「わたくしは彼の世話になっている身ですので、セドリック様のご厚意を突っぱねることはできません。ただ、文句は申し上げます」

「ああ、それくらいがいい。セドリックも、愛する君に文句を言われるのならば満面の笑みで受けつつ、さらりとかわすのではないか？」

さすがニコラス、部下のことをよくわかってらっしゃる。

エミリは私が毅然とした態度を取るとわかったからかホッとした様子で、表情を緩めた。

「それならよかったです。いくらセドリック様といえど、デルフィーナ様のお心を悩ませるようなことをなさるのでしたら私からもお話をせねばと思っていたので、安心しました」

「ええ、エミリ様がお気になさるようなことはありませんよ」

今のエミリはまだ男爵家の令嬢とはいえ、ニコラスの妃になることはもう確定している。おまけに、持ち前の才覚と素直さと美貌で王城の人々をどんどん味方に取り入れているという噂だから、エミリを怒らせたらセドリックといえど痛い目に遭うのかもしれない。

……ん？　もしかして、そんなエミリに懐いてもらっている上にニコラスからも友人認定されている私って、かなりの大物だったりする？　いや、考えないでおこう。

ふとニコラスが、壁際に立っていた侍従を呼んで彼から金属製の筒を受け取った。

「本日、よい機会だからデルフィーナに直接渡しておこうと思ったのだ。これを」

「拝見します」

ニコラスから受け取った書筒は、前世の中学校の卒業式で卒業証書を入れる時に使ったもののような円筒形をしている。王族と書簡のやり取りをする際は、たとえ目の前にいようとこうして書筒を使う必要があった。

きゅぽん、と蓋を外して中の書類を取り出し、丸まったそれを広げて内容を読む。

「マドニス帝国の、動向？」

「ああ。君にも一応、知らせておきたいと思ってな」

書類には、ローレン王国の南に位置する帝国の情勢について書かれていた。

マドニス帝国といえば、昔からローレン王国の豊かな領土を狙っている国だ。今から百年近く前は広大な領土を持っており、さらなる領土拡大を目論んで当時小国だったローレン王国に戦争を仕掛けた。兵の数で言うと、ローレン王国の勝利は絶望的だったという。

けれど当時、ローレン王国には非常に優秀な軍師がいた。彼の采配によりローレン王国は寡戦となりながらも見事帝国軍を撃破し、侵略を防いだ。それだけでなく小国だったローレンの勝利に勢いづいた他の諸国もまた奪われた領土の奪還を目指した結果、帝国はあちこちでの戦に負け続け、あっという間に疲弊してしまった。

現在ではローレン王国とマドニス帝国が領土面積をほぼ同じくしており、ローレンは農作物や織物産業で、マドニスは鉄鉱石や造船技術でそれぞれ栄えている。一応両者の関係は「ひとまず冷戦」といったところで、最低限の貿易も行われているというのが現状だ。

……つまり、なにかの火種があればマドニスは再びローレンに牙を剥くかもしれない、ということ。

マドニスの横暴を二度と許してはならない、領民を守るための努力を怠ってはならない、というのはローレン王国のすべての貴族が心に刻んでいることで、私の父も国防に関しては一切ぬかっていなかった。その代わり、金儲けのためにヤバい商売に手を染めていたけれど。

「マドニス帝国は、ローレン王国に主だった反抗の意思は見せていないということになっていますよね。ひとまず現状維持、という方向性だとか」

「ああ、そういうことにはなっている。昔と違い、ローレン王国の軍は強化されているし竜騎士隊の実用化も進んでいる。マドニスもそれはわかっているだろうから、不用意な戦争は仕掛けてこない……はずだ」

ニコラスの隣にいた侍従が差し出した名簿に「内容を確認しました」ということで私の名前

をサインしてから、書類をニコラスに返した。

「……それで？　平民に下ったわたくしにわざわざ、マドニス帝国の情勢を知らせた意図をお伺いしても？」

私が聞くと、ニコラスはほんのわずか眉根を寄せた。

「もう伯爵令嬢ではない君に、国のあれこれを背負わせるつもりはない。もし王族が出向くとなっても、私やエミリが赴くからな」

彼の隣でエミリがこっくりと頷いた。

治世であれば王妃や王子妃、王弟妃は平和の象徴として外交を担うことが多い。でも戦時中となれば、世継ぎを産む可能性があるとして敵国から命を狙われるし、最悪の場合、人質や交渉の材料として使われることもある。

もちろん、そんなことがあってはならない。けれどエミリはそうなる可能性も理解した上で、ニコラスの隣にいるのだ。本当に、立派なことだ。

「それでいて私がわざわざ君にこのことを教えたのは、セドリックのことがあるからだ」

「……彼が竜騎士として出征する可能性があるから、ですか」

先ほど聞いた内容と照らし合わせながら出した推測を述べると、ニコラスは小さく頷いた。

「よほどの寒冷地でない限りドラゴンは生息するが、竜騎士としてのあり方を確立させたのは現状、我が国のみだ。白兵戦のみならず偵察にも物資運搬にも奇襲にも対応できるドラゴンと竜騎士の価値は、大きい。ましてやセドリックはシャーウッド侯爵の甥で、騎士団長の息子。実力の面だけでなく指揮官として部下を鼓舞するという面でも、彼が戦地に赴く意味があるんだ」

「はい、存じております」

私が今、セドリックに求婚されておりその返事待ちという不安定な立場だからこそ、ニコラスはわざわざこの話をしてくれたのだろう。セドリックのことだから、こういう話は事態が逼迫するまでは私に言いそうにない。

もしセドリックが出征するとしたら、私も自分の身の振り方を考えないといけない。行動に移すのはいざその時になってからでもいいけれど、考えておくのは早いに越したことはない。

「殿下のご配慮に感謝します。いざとなったらデルフィーナの名を捨て、現在名乗っているフィー・ジョーンズとしてしぶとく生きていきます」

「すまない。君には長い間世話になったし辛い思いもさせたから、せめて残りの人生は悠々自適に暮らせるよう、私が手配するべきなのだが……」

「なりません、殿下。何度も申しますように、今のわたくしは平民のデルフィーナ。その生き方を選んだのは、他ならぬわたくし自身です。どうしようもない事態を前にして、殿下が自責なさる必要はございません」

私がはっきりと言うと、端整な顔をしかめていたニコラスは苦笑した。

「君は昔から、自分の主張を正しく言える女性だったな。わかった、これ以上悔いても野暮になるだけだから、前を向かねばなるまい」

「そうなさってください。殿下にはエミリ様もいらっしゃるのですからね」

「そうですよ。私は殿下の剣にも盾にもなる覚悟を決めております。それに、デルフィーナ様の未来も守ってみせますから、頼ってください！」

　エミリも力強く言った。本当にこの子、強くなったな。

『クロ愛』のキャラクター設定としては、「少し自信のないところもあるけれど、まっすぐで優しい少女」だったはずだけど、ひたすら強い淑女になっている。案外、将来はニコラスを尻に敷くかもしれない。


　途中で緊張した話題もありつつ、お茶会は和やかな雰囲気で終えられた。

　最後の方は私とエミリの恋愛トークになり、ニコラスはちびちびとお茶を啜るだけになっていた。本人は、『女性の友情に挟まるのは、甲斐性なしのやることだからな』と笑っていたけれど。

　ベランダから並んで出ていくニコラスとエミリを見送り、私は迎えの馬車が待つところへと向かおうとする。でもそこで、少し遠くの空を黒い影が流れていくのを見つけた。

「あれは、ドラゴン？」

「そのようですね。本日はどうやら、騎士団で騎竜の練習をしているようです」

私にそう教えてくれたのは、さっきニコラスの隣にいた侍従。

そういえば今日は学院が休みだから、セドリックも城に来ているはず。彼とは毎日顔を合わせるわけではないから詳しくは聞いていなかったけれど、セドリックも今、竜騎士として訓練をしているのかもしれない。

『実力の面だけでなく指揮官として部下を鼓舞するという面でも、彼が戦地に赴く意味があるんだ』

ニコラスの言葉が頭の中をかすめて、気付けば私は拳に力を入れていた。

セドリックからの求婚は正直迷惑で、さっさと撤回してほしいと思っている。その気持ちは今でも変わらない。

でも、二度と彼の声が聞けなくなるのは、顔が見られなくなるのは、あの青色の瞳がこちらを見てくれないのは……嫌だ、と思うようにもなっていた。

「さあ、どうぞ。あなたの好きそうなものを取り寄せましたよ」

「…………」

私の向かいには、いつも通りの笑顔のセドリック。少し目線を下げれば、宝石と見まがうようなきらきら輝くスイーツの数々が。

ひと口サイズのプチケーキは彩りも鮮やかで、シュークリームやタルトのように前世で食べたことがあるのもあれば、この世界オリジナルの焼き菓子や揚げ菓子もあり、多数取りそろえられている。

本日は、休日二日目。昨日は王城に行ってニコラスやエミリと一緒にお茶を楽しんだので、今日は課題でもやろうかな、あと図書館でドラゴン関連の本でも借りようかな、と思っていた。でも朝早くに私付きの侍女が、『セドリック様がお待ちです』と告げてきた。

いつも私の方から文句を言いに押しかけるから、セドリックからの召喚命令とは珍しい。特に叱られるようなことはしていないし……もしかしていいよ、求婚取り消しとか？

わくわくなのかどきどきなのか不安なのかよくわからない感情ではあるけれど、メイドたちの手を借りて外出用のドレスに着替えて屋敷にお邪魔した私を待っていたのが、笑顔のセドリックと大量の菓子たちだった。

ひょっとしてこの菓子たちに、なにか秘密が？　どれかひとつの中にわさびが練り込まれていて、私がそれを食べて悶絶する姿を見て楽しみたいとか。この国に、わさびはないけど。

私がお上品に鎮座するスイーツを無言で眺めていると、セドリックはひょいっと片眉を上げた。

「私がこの菓子にいたずらをしているとでもお疑いですか？」

「申し訳ありませんが、疑っていました」

「はは、心外ですねぇ。まさか私が、愛しいあなたが食する菓子に毒なんて入れるわけないでしょう」

毒とまではいかないけれど、私は一応養われる身、招かれた身だから、毒入りを疑って手を伸ばさないのは無礼になってしまう。

しぶしぶメイドに頼んでいくつかのスイーツを取り分けてもらうと、セドリックはあからさまにホッとした顔になった。

「よかった。私からの贈り物は口にしてもらえないのかと思うと、胸が潰れる思いでした」

いちいち表現が大袈裟な人だ。まあ、そういうキャラなのだろうけれど。

フォークを手に取って、オペラのようなひと口ケーキを味わう。うん、普通に……どころか、すっごく美味しい！

「美味しいです……」

「ふふ、そう言ってもらえてよかったです。ニコラス殿下が用意したケーキは遠慮なく食べるのに私のケーキには見向きもしてもらえなかったら、さすがにショックですからね」

次のケーキにフォークを刺していたけれど、セドリックの微妙な言い回しから、なんとなくの経緯が予想できた。

「まさか、ですが。珍しくお茶に招いてくださったのは、私が昨日王城でティータイムを過ごしたからですか？」

「ええ、そうです。昨日の帰宅前に、ニコラス殿下からお茶会の報告を受けましてね。それを聞いていたら、なんというかこう、対抗心のようなものが燃えまして」

「はぁ」

気のせいだろうか。

今日のセドリックはいつも通りの笑顔だけれど、なんだか普段よりも少しぴりぴりしている……というか、余裕がない感じがした。

それはひょっとしたら、昨日私がニコラス殿下やエミリからもてなされたことを聞いて、負けん気に火がついたから、なのだろうか。

表面上はいつも通りに見えるけれど、実際は対抗心を燃やしている。彼の表情からそんなことが読み取れるようになったのは、私が彼のことをよく知るようになったからなのか、それともセドリックが私の前で油断するようになったからなのか。

……なんだか顔が熱い。お茶でも飲んで、ごまかし、ごまかし……。

「んぶっ⁉」

「だ、大丈夫ですか⁉　すみません、茶が熱かったのでしょうか」

「あ、い、いえ、違います！」

セドリックがお茶を淹れたメイドの方をちらっと見たため、慌ててフォローを入れる。お茶の温度は適切だったけれど、焦って飲んだから少し咳き込んでしまっただけだ。

メイドを責めるのではなくてタオルを持ってきてもらい、それに顔を埋めて深呼吸する。セドリックは私の言葉を聞いて安心したのか、「冷たい飲み物も持ってきてあげてくれ」と穏やかな口調で命じていたので、私もホッとした。

セドリックの焦る声を、多分初めて聞いた。この人でも、焦って声が裏返ったりするものなんだな。どんな時でもマイペースを貫ける人だと思っていた。

それはもしかしなくても。他ならぬ私が咳き込んだから、とか？

……ああ、顔のほてりをごまかすためにお茶を飲んだのに、逆効果だ。

「もう大丈夫ですか？」

「はい。ご心配をおかけしまして、申し訳ありませんでした」

呼吸も整ったので、タオルから顔を上げてメイドに返す。

焦って声を裏返らせるほど心配させてしまって、申し訳ない。でも心配してもらえて嬉しい、というふたつの真逆な気持ちはまだ、私の胸の中にある。こんなことを思うようになった自分に驚きだ。

せっかくなので他のケーキもひとつずつ味わい、私はセドリックに微笑みかけた。

「それにしても、少し意外です。セドリック様にも、対抗心というものがおありなのですね」

「それはもちろん、私も人間ですから。喜怒哀楽の感情に加え、人並みの負けん気だってありますとも」

「普段はそういう感情のささくれを完璧に隠しているようにお見受けするので、こうして態度と行動に表すのが意外だったのです。お気を悪くされたのなら謝罪します」

私がそう言うと、ふとセドリックの顔から表情が抜け落ちた。意図的に真顔になったというより、すうっと水が流れ落ちるように、表情が消えていった感じだった。

彼は無言でソファから立ち上がると、テーブルを回って私の横に立ち――長い脚を滑り込ませて、私の隣にすとんと腰を下ろした。

前にもこうして隣に座ったことはあったけれど、その時は形ばかりだとしてもひと言許可を取っていたはず。それなのに今日は無言の真顔のままで座り、しかもじっくりと私を見つめてくる。

イケメンの圧力、すごい。いつもの一・五倍くらいの速度で心臓が活動している。

「あ、あの、セドリック様？」

「…………」

「えーっと……あ、そうだ。セドリック様もどれか、召し上がったらどうですか？　どうせ、私ひとりでは食べきれませんし」

「それはいい提案です。では、食べさせてください」

「え？」

「あなたの、手ずから、食べさせて、ください」

なぜか文節で言葉を切りながら、セドリックは真面目そのものの顔で仰せになった。

……手ずから、食べさせる？

それはつまり、あれか？　恋愛漫画の王道であり、『クロ愛』でも確か隣国の皇子ルートでスチル付きで存在していたイベントではないか。ゲームでは、世話焼きな皇子が主人公に餌付けする形ではあったけれど。

それをこの、品行方正で物腰柔らかな王子様系騎士――の皮を被った腹黒貴公子が、ご所望だと？　開発者、『クロ愛』の開発者よ。これでいいのか。

私がむっつり顔で考え込んでいるからか、セドリックは「ああ、そうだ」と明るい声をあげて微笑んだ。

「私ばかりが与えられるのでは、不公平ですからね。ここはひとつ、食べさせ合うことにしましょうか」

いよいよわけのわからない理論を持ち出してきた。

「食べさせ合いをすることによるメリットがわからないのですが」

「メリットなら、ありますよ。私たちの絆を深め、あなたが私の求婚に応えてくれる日が近くなるという」

それはあなたにとってのメリットであり、私にとっては無意味なのですが。

でも今日のセドリックはいやに頑固で、私の隣から離れようとしない。ここは、彼のご希望に添わなければてこでも動かないということなのか。

ええい、男は度胸、女も度胸、だ！

「わかりました。ではセドリック様、口をお開けください」

「ああ！　ありが――」

セドリックが喜んで開いた口に、手近にあったシュークリームをぼすっと詰め込んだ。

シュークリームを掴んで投入するまで、わずか二秒の出来事だ。

セドリックは口を閉ざし、上品にシュークリームを咀嚼する。そして、にっこりと微笑んだ。

「素晴らしい。私の未来の妻は、これほどまで俊敏な動作ができるのですね」

「無理に褒めるところを探さなくていいです」

「はは、ばれましたか。では今度は、こちらの番です。口をお開けください」

セドリックが言ったので、やっぱりやるんだと思いつつ顔をそちらに向け、口を開く。

セドリックはフォークを手に「どれにしようかな」と迷った末に、ピンク色の小さなケーキを選んだ。あれは、今日食べた中で一番美味しいと思っていたものだ。もしかしなくても、気付いていたのかな？

ピンクのケーキを私の口元に運んだセドリックは、そっと食べさせてくれた。彼も仕返しでぼすっとねじ込んでくるかな、という私の予想を裏切り、フォークを抜き取るところまでセドリックの手つきは優しかった。

彼はケーキを咀嚼する私を、嬉しそうな笑顔で見守っている。ベリー系の甘さが口の中いっぱいに広がって……なんだかセドリックの顔をまともに見られなくなる。

「美味しいですか？」

「……美味しい、です。ありがとう、ございます」

「どういたしまして」

セドリックは、満面の笑みだ。

よくわからないけれど、彼のご機嫌はよくなったようだから……結果オーライ、かな？

＊　＊　＊

「旦那様が嫉妬なさるとは、珍しいこともおありですね」

デルフィーナが去った後のリビングにて。

ぼんやりと窓の外を眺めていたセドリックが振り返ると、茶器を片付けていた中年のメイドがおかしそうに笑う。

「いきなり大量のお菓子をお買い上げなさるのですから、驚きましたが……すべてデルフィーナ様のためだったのですね」

「うん、まあな。自分でも驚いている」

セドリックは、どこかぼんやりとしたような口調で言う。彼は、ここ最近の自身の変化に戸惑いっぱなしだった。

昔の彼だったら、女性ひとりの気を惹くために大量の菓子を買ったりはしなかっただろう。それも、自らの足で菓子店をはしごして、どれなら気に入って食べてくれるだろうかと考えながら買うなんて。

「旦那様が自ら買い求めたとは、おっしゃらなくてよかったのですか？」

「……いいよ。言ったとしてもデルフィーナのことだから、変な顔をするだけだろう。彼女を困らせたくはない」

多くの女性なら、自分に求婚する男性が自らの足で店を回って自分のための菓子を買い集めてくれたと聞けば、喜ぶだろう。だがデルフィーナはきっと、感謝の言葉は述べてもどこか困った顔をするだろう。

メイドは「愛ですねぇ」と楽しそうに呟きながら、カートを押してリビングを出ていった。

おしゃべりなのが残念なメイドだが、仕事ぶりは有能だしシャーウッド侯爵家の養子になったばかりの頃から自分を見守ってくれていた存在なので、セドリックも彼女には強く言えなかった。

「よくやるよなぁ、俺」

ぽつり、とセドリックは呟く。

『旦那様が嫉妬なさるとは』

メイドの言葉が頭によみがえり、ため息をついてしまう。

嫉妬。そう、これがきっと、嫉妬という気持ちなのだ。

ニコラスやエミリがデルフィーナをもてなし、喜ばせた。楽しい話をたくさんして、彼女を満足な気持ちで帰らせることができた。

いつもデルフィーナをからかい、手のひらで転がすことしかできない自分とは大違いで――つい大人げなくも、ニコラスたちが開いた茶会に負けないような量の菓子を買い集めてしまった。そして、「これはさすがにニコラスやエミリもしていないだろう」とわかった上で、食べさせ合いを提案した。

そんなことをする権利は、自分にはないのに。

「それでも、俺は――」

デルフィーナが心から笑うところを見たい、と思ってしまった。

四章　変わっていく心

セドリックがドラゴンと仲良くなる「お手伝い」をすると申し出た時は、半信半疑だった。けれど結果として私は、これまでとは比べものにならないほどビルルブルルたちとの距離を詰められるようになった。

「あ、こら、それはダメだよ、ビルルブルル。藁をぐちゃぐちゃにしたら、私たちも困るしビルルブルルも困る。わかるよね？」

小屋の掃除中にビルルブルルが寝床代わりの藁の塊をかき回していたので、注意する。するとビルルブルルは少し不服そうに鼻を鳴らしつつも、藁を荒らす手を止めて丸くなった。

言うことを聞いてくれた！

「うん、いいですね。心が通っている証拠です」

「セドリック様、ご覧になっていたのですか？」

セドリックの声がしたので振り返りながら言うと、竜舎の入り口に立っていたセドリックが微笑んだ。

「ええ。あなたは今のビルルブルルの行いを、静かに諭していた。そしてビルルブルルは〝藁〟や〝困る〟の単語の意味はわからなくても、自分がよくないいたずらをしていたという自覚があった。だから、あなたの忠告を受け入れたのです」

「わぁ、よかったです！」

思わず手を叩くと、セドリックは少し目を丸くしてから柔和に微笑んだ。

気のせいか、最近は彼のこの微笑みをあまりうさんくさいとは思わなくなっていた。むしろ、ふにゃっとした笑い方は愛嬌があって、ちょっとかわいいかも、とも思えてきたりして。

そこに、マリンモリンの空の散歩から帰ってきたところらしい部長が手綱を手に竜舎に入ってきて、ビルルブルルと一緒にいる私を見て「おや」と声をあげた。

「ジョーンズさん、すっかりビルルブルルと仲良くなれたんだね。君が入ってきてもうすぐ三カ月だけど、随分成長したね」

「あはは、ありがとうございます！　これもセドリック様のおかげです」

「私はただ、彼女の手助けをしただけです。本当に努力したのは、フィーの方ですよ」

私は正直に言ったつもりなのに、セドリックは賛辞をさらりと受け流してむしろ私の努力を褒め――こちらを見て、部長にはばれないようにこっそりとウインクを飛ばしてきた。

い、今、なんかすごく激しく心臓がどきんっていった。ちょっと前までは、うわぁイケメンの無料ウインクご馳走さまですー、って虚無の心で流せたんだけど……。

思わずセドリックの視線から逃げるように顔を背けてしまったけれど、部長はのんきに「あ、そうだ」と声をあげて、マリンモリンを見上げた。

「そろそろジョーンズさんも、マリンモリンとふれあってみたら？」

「えっ」

「ああ、それはいいですね。最近ではビルルブルルからくしゃみをされなくなってきたようですし、ここでマリンモリンにも受け入れてもらえたら、あなたの実力が確かなものだとわかりますからね」

部長の言葉に、セドリックが乗っかった。

「うまくいったら、マリンモリンの背中に乗せてもらえるかもしれません」

「そ、それは無理です！」

思わず声をあげると、セドリックの方を見ていた部長が私を見て、「そうかなぁ？」と首を傾げた。

「マリンモリンは気位が高いけれど、一度認めた人には従順だよ。だからもしジョーンズさんがマリンモリンと仲良くなれたならきっと、背中に乗せてもらえると思うよ。さすがにひとりで空を飛ぶのは無理だけど、誰かと一緒なら大丈夫だ」

「ですが……」

「あ、それともジョーンズさん、空中散歩はあんまり興味ない？　高所恐怖症とか」

そんなことはない。私は前世も今世も高いところは平気だし、ドラゴンの背に乗って空の散歩なんて考えるだけでわくわくする。前世ではおとぎ話の中だけの存在だったドラゴンにふれあえるだけでなく、背中に乗せてもらって空を飛べるなんて、機会があるならむしろ喜んでお受けしたいくらいだ。

私と部長のやり取りを眺めていたセドリックが、とん、と私の肩を叩いた。

「まずはやってみるといいですよ。よかったら私が、フィーと一緒に乗りますよ」

「なっ⁉　滅相もございません！」

セドリックの申し出にひっくり返った声が出てしまう。

「セドリック様は、シャーウッド侯爵家のご令息です！　私のような傍系もいいところの小娘に付き添うなんて……」

「確かに私の伯父はシャーウッド侯爵で父は騎士団長だが、血の繋がりはない。それに、私はあなたの父君からご息女を譲り受けている状態です。あなたがうっかりドラゴンの背から落ちようものならそれこそ、私は保護責任を負わされてしまうのですよ」

セドリックは設定をうまく使ってさらりと答える。

シャーウッド侯爵家の遠縁の娘、という設定はわりと快適だったけれど、保護責任という言葉を出されたらぐうの音も出なくなる。いくら私が平民の娘といえど「セドリック様は遠縁の娘を保護する責任がありながら、彼女をドラゴンの背から落下させてしまった」という悪評を立てられかねない。

そして当然のことながら、私にはセドリックの命令に従う義務があって。

「……かしこまりました。もしマリンモリンが許してくれるのなら、お願いします」

「ええ、そうしましょう。では、マリンモリンに挨拶をしましょうか」

セドリックはそう言って、部長からマリンモリンの手綱を受け取った。もともとマリンモリンと部長の仲は良好だけれど、セドリックに手綱が渡されたからかマリンモリンは一層嬉しそうに低く唸り、セドリックの背中に大きな顎をこすりつけた。

さすが、天然の動物たらし。

「それじゃあジョーンズさん、お手並み拝見だ。これまでジョーンズさんはマリンモリンとほとんど関わりがなかったから、実力確認としてもちょうどいいね」

部長は気楽そうに言って、私に大きなブラシを渡してきた。これは、ドラゴンの歯磨き用のブラシだ。

「マリンモリンの歯磨き、よろしく」

「いきなり難易度高くないですか⁉」

渡されたブラシは受け取るけれど、今のお願いはちょっと難しすぎる。

おやつをあげる、小屋の掃除をする、などとは違い、歯磨きとなるとドラゴンの口元に近付くことになる。ビルルブルルの牙でさえ大きいものでは私の握りこぶし大くらいのサイズだったのだから、それより大柄なマリンモリンの牙となると、一番長いものだと私の二の腕の長さほどになる。もしそれでがぶりとされたら、死ぬ。

ブラシを持ったまま私が固まったからか、マリンモリンの首筋を撫でていたセドリックが真剣な眼差しでこちらを見た。

「確かに難しいけれど、今のあなたならできますよ。ああ、部長。できれば少し離れたところで見ていていただけませんか?」

「はい、そうします。よろしくお願いしますね、セドリック様」

部長はあっさり頷き、ご機嫌そうに体をゆらゆらさせながら竜舎の奥にある休憩椅子の方に行ってしまった。もしマリンモリンが暴れても、すぐには助けに来られない距離だ。

「なんでわざわざ部長を遠ざけたのですかぁ」

「あなたの近くにいる男は、私だけで十分ですから」

セドリックはにっこりと笑ってそんなことを言うけれど、今はそういうキザな台詞を言うべき場面じゃないと思う。

「それに。もしあなたが〝素顔〟を見せたとしても、なんとかフォローできますからね。部長の提案に乗った手前、あなたを全力でフォローするのが私の義務ですから」

「……今のが本当の理由なら、からかったりせずすぐにそう言ってくださればよかったのに」

私が抗議の意味も込めてにらむと、セドリックは曖昧に笑った。

「からかったわけではありませんよ。あなたが他の男と楽しそうにしゃべっているのを見ると悔しくなってしまうのは、事実ですから」

「……あの、それは――」

「っと。そろそろ動かないと、マリンモリンが拗ねてしまいます」

セドリックの言う通り、彼が手綱を握ってからかなり落ち着いた様子だったマリンモリンも、そわそわと体を動かし始めていた。マリンモリンは、アフリカゾウくらいの体高がありそうだ。こんな巨体で暴れられたら、私なんてひとたまりもないだろう。

手汗がひどい。古びたブラシを掴む手がぬるぬるする。

でも、やらないと。

ブラシを手にした私が歩き出したからか、マリンモリンは真っ赤な瞳を私の方に向けた。セドリックが一歩下がり、私とマリンモリンの距離を詰めさせてくれる。

ドラゴンの歯磨きの仕方は、ビルルブルルで学んだ。でも大型犬程度の大きさのビルルブルルとゾウサイズのマリンモリンでは、勝手が違う。

「今から、歯の掃除をするよ。よろしくね、マリンモリン」

私はブラシを掲げて、なるべくはっきり大きな声でマリンモリンに呼びかける。

歯や掃除、の意味はわからなくても、マリンモリン、が自分の名前であることはわかっている。そして自分の名を呼んでいつも歯磨きに使われるブラシを見せられたら、目の前の小さな人間がなにをしようとしているのかわかるはずだ。

マリンモリンは、うさんくさそうな視線を私に向けてくる。モニークやセドリックが言っていたように、ドラゴンは本当に嫌いな相手だと問答無用で襲いかかってくる。そうはせずにじっと見ているのは、ただ警戒しているだけ。なんだこのうざい人間は、という程度らしい。

無条件で動物に好かれるセドリックとは真逆で、私は無条件でドラゴンからうざがられる体質なのだろう、と推測したのは、モニークだ。私がなにか悪いことをしたわけではなくて、そういう体質なのだから諦めて、少しでも良好な関係を築けるように心を砕く必要がある。

そう、ゲーム風に言うなら、私とマリンモリンの友好度は現在ゼロなだけ。友好度が上がるような行動を取れば、必ず数値は上がっていく。

マリンモリンを前に、私は右手を頭上からさっと下ろし、「伏せ」の合図を送る。まずはこの共通の合図が通じるかどうかが、問題だ。

目は、そらさない。一度だけでは聞かないことがあるから、根気強く同じ合図をする。

マリンモリンが動かない時間がひどく長く感じられて、心臓もばくばく鳴っていたけれど……おもむろにマリンモリンは膝を折り、不服そうながら「伏せ」の姿勢をした。

……言うことを聞いてくれた！

ぶわっと胸の奥から感動が巻き起こるけれど、ここで大喜びなんかしたらマリンモリンが機嫌を損ねかねない。セドリックもいつも、『ドラゴンの気持ちを大切にするように』と言っていた。

「ありがとう、マリンモリン。口を開けて、そのままの姿勢でいて」

細かい指示は理解されないから、私は自分で口をぱかっと開けて、とんとんと顎を指で叩く。私のような格好をして、というサインだ。

マリンモリンの赤い目がぎょろっと動き、セドリックを見た。でもセドリックは表情ひとつ変えず、マリンモリンを見つめ返す。今おまえが指示を聞くべきなのは自分ではない、と静かに突っぱね、私に権利を返してくれる。

なにも言わずとも、セドリックは私の背を押してくれる。私の成功を、願ってくれている。マリンモリンが再びこちらを見たので、私は同じ動作を繰り返した。そうするとマリンモリンは低く唸りながらも、ゆっくりと口を開いてくれた。……よし！

ここまでは、うまくいった。あとは牙を磨かないと。

「今日のところは、四本の犬歯だけでいいよ！」

離れたところから、部長が指示を出した。奥歯だったらマリンモリンの口内に頭を突っ込むことになるけれど、犬歯だけならなんとかなりそう。

マリンモリンの犬歯はやっぱり私の腕くらいの長さで、引っこ抜いたら両腕でやっと抱えられるかというくらい太い。マリンモリンでさえ中型らしいから、大型ドラゴンなんてそれこそ、竜騎士でないと乗りこなせないだろう。

おやつを食べた後だからか、牙は少し汚れている。大きなブラシを使ってゴシゴシ磨きながら、マリンモリンに話しかけることも怠らない。

「いい子ね、マリンモリン。……あ、ちょっとここの歯茎が赤くなっているね。あとでお薬を塗ってもらうようにお願いするから、もうちょっと我慢できるかな？　……うんうん、いい子だね」

合計四本の犬歯を磨きながら声をかけると、そのたびにググウ、という低い唸り声が聞こえる。セドリックが言うにドラゴンの唸り声には何種類かあるらしく、唸っている時に目を見開いて瞳孔が細くなっている時は不機嫌を表すので警戒するべきだけれど、それ以外なら比較的安心していいらしい。

今のマリンモリンは半分まぶたを閉ざしていて、そこから覗く瞳も少し広がっている。一応、私の指示に従ってくれている。

上の歯を磨く時は見上げることになるから首も痛くなり、下の歯より大変だった。それでもなんとか四本すべて磨き終えてセドリックにチェックしてもらってから、私はマリンモリンから離れた。すぐに彼女は口を閉ざし、もごもごと顎を動かす。

「……さて。機嫌はどうかな、マリンモリン？」

それまでずっと黙っていたセドリックが尋ねると、マリンモリンは体を起こしてからグルグル唸った。その声は「悪くはない」と言っているように思われて、安堵できた。

「うん、よさそうですね。部長、どうでしょうか？」

「上々だよ。よくやったね、ジョーンズさん！」

こちらに歩いてくる部長がそう言ってくれたのを聞くと、ふっと足から力が抜けた。

「っ、フィー！」

すぐさまセドリックが空いている方の腕を伸ばし、ふらつきそうになった私の体を難なく支えてくれた。薄暗い室内のため、いつもよりも昏《くら》く沈んだ色に見える青の目が私を見下ろしていて……思わず、私は笑みをこぼしてしまった。

「セドリック様……私、ちゃんとやれました。マリンモリンに、認めてもらえました……よね？」

「ええ、そうです。本当によくやりました、フィー」

セドリックは一瞬あっけにとられた様子を見せてから柔和に笑い、そっと私を立たせてくれた。

……ああ、よかった、できた。

私、ドラゴンと心を通わせることが……できた！

私もセドリックも汚れてしまったので、シャワー室で体を洗ってから着替えをして、屋敷に戻ることになった。

「本当にありがとうございました、セドリック様！　私、一生ドラゴンからくしゃみを吹っかけられるのだとばかり思っていました」

「何度も言いますが、すべてはデルフィーナ嬢の努力のおかげですよ」

一緒の馬車に乗って屋敷に戻る途中、つい興奮してしまいペラペラしゃべる私を、向かいの席のセドリックは穏やかな表情で見つめている。

「いくら私や部長、モニークたちが手を貸しても、本人にやる気がなければマリンモリンはおろか、ビルルブルルから認められることもなかったでしょう。あなたはもっと、自分を誇ればよろしい」

「そ、そうですかね。でも、本当に嬉しくて」

ああ、部長からブラシを受け取って指示を受けた時のあの緊張感は、今でもはっきり思い出せる。でも、やるべきことを終えられた今はそれすら、いい思い出だ。

今日モニークは用事があってクラブに来なかったから、明日の授業の時に顔を合わせたら一番に報告しないと！　モニークがクラブに勧誘してくれたから、この感動を味わえたのだもの。

あれこれ考えていた私は、相当緩んだ顔をしていたらしい。車窓の枠に頬杖をついて私をじっと見ていたセドリックが、小さく噴き出した。

「今のあなたは、とてもいい表情をしています」

「へ、変な顔をしているとおっしゃりたいのですかっ」

「まさか。かわいらしくて愛おしいな、と思って見ておりましたよ」

……ま、またこの人はこういうことを、さらりと言うんだから！

「だらしない顔をしている自覚はあるので、そう言ってくれていいです」

「何度も申しますように、私はあなたの笑顔だけでなく少し緩んでしまった表情も愛おしいと思っていますし、今日は本当に惚れ直してしまいました」

「……どの辺にですか？」

くさい台詞ではあるけれど、純粋に気になった。

だって今日の私といったら、いつもの地味な作業服姿で巨大なブラシを持ち、がっしがっしとドラゴンの歯磨きをしたくらいだ。普通の貴公子ならドン引きの野暮ったい姿だったこと間違いなしだ。

私の問いに、セドリックは少し目を細めた。どこか色気のあるその眼差しに、不覚にも胸がざわついてしまう。

「あなたは気付いていないでしょうね。マリンモリンが指示に従ってくれたと気付いた時や、認めてもらえたと知った時。あなたの横顔は、見惚れるほど美しかった」

「そ、そう、ですか？」

「はい。ニコラス殿下の隣に立つ着飾ったあなたの姿なら、これまで何度も見てきた。今のあなたは、当時とは比べものにならないほど粗末な身なりをしている。それなのに今までにないほど、あなたが輝いて見えた。ドレスや宝飾品がなくても、あなたは自分の内側から輝いてみせた。その輝きを目にして、私は何度目かわからない恋に落ちてしまったようです」

流暢に語るセドリックの言葉に、私はなにも言えなかった。もうちょっと軽いノリで茶化されると思いきや、想像を超えるほどの熱をぶつけられてしまった。

セドリックからの愛は受け取れない、彼から嫌われないと……と思っていたはずなのに。真剣な眼差しで『恋に落ちてしまった』と語るセドリックの瞳から、目が離せない。

「デルフィーナ嬢」

「っ、は、はい」

「私はやはり、あなたが欲しい」

熱を込めたセドリックの言葉に、一瞬頭の奥がきんっと冷えるような感覚に襲われる。その衝撃はすぐに、私の両頬をすさまじい速度で温めていって、心臓が……なんかすごい速度で脈打っている……！

セドリックが口達者なのは、よくわかっている。甘い言葉をさらりと吐かれるものだから、私も大分耐性ができたと思っていた、のだけれど。

これはさすがに破壊力がすごい！　『あなたが欲しい』なんて、どこの乙女ゲームのキャラの台詞⁉

セドリックは、こういう台詞を吐くキャラじゃなかったと思うけれど⁉

「わっ、私が欲しいのですか⁉」

「ええ。これまでは、ただ手元にいてくれれば十分だと思っていました。ですが、あなたのこれまで秘されていた面を見た今では、ただそばに置くだけでは物足りません。……あなたの心をも、手に入れたい。ころころと表情が変わっていく様を、もっと見ていたい。他の誰も見たことがない顔を、私にだけ見せてほしい。そんな願いを抱くようになってしまいました」

……え、ええー⁉　本気で言っているの、この人⁉

だってこれまでの私がセドリックに見せた素顔といったら、ぎゃんぎゃん文句を言っているか平民女子科で地味に授業を受けているか、もしくは竜舎で泥まみれ糞まみれになりながらクラブ活動をしているかのどれかだよ⁉

そのどれに惚れる要素があるの⁉　この人、おかしな性癖持ちなの⁉

「え、ええと……セドリック様がそのようにご所望なら、私から否と言うことはございませんよ？」

「それではダメなのです。シャーウッド侯爵家の権力を以てあなたを縛りつけるのは、本望ではありません。そんな形で手に入れた愛などに、意味はありません」

私の言葉をばっさりと却下したセドリックは手を伸ばし、意味もなく彷徨わせていた私の両手をそっと握った。私と同じくらい熱い彼の体温と、男の人らしいゴツゴツとした手の感触が伝わってくる。

華奢で中性的な印象のあるセドリックだけれど、その手のひらの感触は剣を振るいドラゴンの手綱を握る騎士のそれだった。彼の手のひらがこんなにがっしりしていること、そして彼もまた今のこの状況に熱っぽくなっているのだということを、今知った。

いつも、ひょうひょうとしている人なのに。余裕たっぷりに私をいなしてばかりの人なのに。

今正面から見つめる青色の瞳は、必死だった。

——私を口説き落とそうと、必死になっている。

前世から推していた人にこんなに情熱的に求められて、嫌なわけがない。でも。

「……あ、あーっ！　お屋敷に到着しましたね！」

「チッ」

今この人、舌打ちした？　御者さんがちゃんとお仕事をしてくれただけだから、舌打ちはやめようね。

間もなく馬車が停まって御者が外からドアを開けてくれたので、私はすかさずそこから飛び出した。

「デルフィーナ嬢！」

「本日は本当に本当に、お世話になりました！　では、私はここで！」

片手を上げて挨拶をしてから、私はセドリックがなにかを言うよりも早く離れに向かってダッシュした。

……いやいやいやいや、今のはまずかった、まずかった。

さしもの私もセドリックの真剣な眼差しにどきどきしてしまい、うっかり恋をしてしまいそうになった。これじゃあ計画が水の泡に……。

「……ん？　そもそも求婚を断る必要、ある？」

　はた、と足を止める。

　私がセドリックからの求婚の返事をずるずる引き延ばしているのは、彼と結婚するわけにはいかないから。その理由は、いくら前世の推しキャラとはいえいきなり結婚しろと言われても無理だし、二次元と三次元は別物だと考えているから。

　でも私はデルフィーナとしてこの世界で生き、同じくこの世界で生きているセドリックのいろいろな面を見てきた。『クロ愛』で見知った模範的な貴公子然とした顔だけでない、無邪気な顔や嫉妬する顔、負けん気を見せる顔、躍起になる顔など。

　その結果、私はセドリックのことを――

「……好きに、なっちゃった？」

　ぽろりとこぼしてから、慌てて自分の口を手で塞ぐ。周りには誰もいないとわかっていても、今の自分の発言にびっくりだ。

　私、セドリックのことが好きになってしまった？　本気で？

　え？　だったら私が意地を張る意味、なくない？

　私は三次元のセドリックのことが好きになって、セドリックはがさつでやかましくて竜糞臭いところもある私の本性を見ても『あなたが欲しい』と言ってくれた。むしろ、前よりも愛情度が高くなっているくらい。

それなら、彼の求婚にイエスと答えてしまったらよいのでは？　セドリックのことが好きな私と、私のことが好きなセドリック。ぴったりのふたりだ。

彼は平民落ちした私の面倒を見てくれるみたいだし、シャーウッド家との繋がりがあれば私はこれからもニコラスやエミリとお茶会ができる。あらゆる物事が、丸く収まるのではないか。

「……嘘ぉ」

思わず、その場にしゃがみ込んでしまった。

まさか、前世の推しのことを本気で好きになるなんて、自分でも信じられなかった。

＊　＊　＊

「……追われないのですか？」

ぼんやりとしていたセドリックの背中に、御者の声がかかる。

追うもなにも、とてもいい雰囲気だったのに屋敷に着いたばかりにデルフィーナを逃がすことになった原因は、この御者にあるのではないか。

そう思ったセドリックが振り向きざまに不穏な眼差しを投げかけるが、中年の御者は主人ににらまれても気にした様子もなくへらりと笑い、馬の首筋を撫でた。

「そんな目で見られても、困りますよ。それより、よいのですか？　デルフィーナ様、行っちゃいましたよ？」

「……今追いかけても彼女を困らせるだけだ」

「さようですか。セドリック様は、デルフィーナ様のお気持ちがなによりも大事なのですね」

減らず口をたたく御者をもう一度にらむが、セドリックの養父が幼い頃からシャーウッド家に仕えている御者はちょっとのことではひるまない。彼は「俺はこれで」と笑いながら、馬車を操って去っていった。

ひとりきりになったセドリックはデルフィーナの居住である離れの方角を見やってから、本邸の方に足を進めた。

「……本当に、らしくもないな」

誰にともなく、セドリックは呟いた。

五章　この想いをあなたに

彼が馬車の中で告白してきたあの日、私は頭の中がぐちゃぐちゃになってしまった。

私は、彼のことが好きになってしまったのか。だとしたら、彼の求婚を受けてしまえばいいのではないか。でも、本当にそれでいいのだろうか、と答えが出そうにない問いに呑み込まれ、夜になってもなかなか寝つくことができなかった。

そういうことで、翌日は彼と顔を合わせるのがなんだか怖かった。また同じように口説かれたらどうしよう、なんと言えばいいのだろう、と身構えてしまった。

でもいざ放課後の校庭で顔を合わせた時の彼は、あの時の勢いや熱意やらはどこかに行ったようで、ごく普通に接してきた。『髪に落ち葉をくっつける姿もかわいいですね』なんて茶化してくるので、私がそれにムキになって言い返す……というやり取りができて、ある意味ひと安心だ。

それ以降も、彼が変わった行動を取ることはなかった。よくも悪くもこれまで通りに接してくるセドリックを見て私はホッとしつつも、胸の奥には小さなもやもやの種がしぶとく残っているようだった。

彼から熱烈な告白をされて、約半月経った。

昼間は黙々と授業を受け、放課後にはモニークと一緒にドラゴン研究クラブに向かう。夕方になったら屋敷に帰って、ひとりで宿題をしたりエミリへの手紙を書いたり、たまにはセドリックとおしゃべりをしたりという日々を送るのが、最近の私のルーティンになっていた。

さて、そんな充実した日々を送っていた私だけれど。

「少しよろしいかしら、ジョーンズさん」

「……はい」

平民女子科と貴族女子科の合同授業の後、私は知らないお嬢さん方……ではなくて去年下級生だった貴族女子科の生徒たちに囲まれた。少し離れたところでモニークがぎょっとした顔をしたので、「気にしないで」と合図を送っておく。

私を囲んだままで講堂の隅に移動したお嬢さんたちは、合計四人。いずれも伯爵家や子爵家のご令嬢で、私も令嬢時代に声を交わしたことがある。でもその時の私はいつもばっちり化粧をしていたし派手なドレスを着ていたりしていたので、今の地味な制服姿とは似ても似つかない。

おかげで、私を四方から囲む令嬢たちのうち誰ひとりとして、「もしかして……？」となった者はいないようで、これに関してはホッとできた。

「いきなり呼び出してごめんなさいね。少し、お尋ねしたいことがあるの」

「はい、なんなりとどうぞ」

平民の少女らしくびくびくした演技をしつつ、なんとなく予想はできるなぁ、と心の中では思っていた。

四人の中では一番身分の高い伯爵令嬢――といっても、ケンドール家よりずっと格下だ――がリーダー格のようで、口を開いた。

「まずは確認ですけれど。あなたはシャーウッド侯爵家の遠縁で、ご実家は商家とのことですね？」

「はい」

「そして、セドリック様の想う君でいらっしゃるデルフィーナ様のお世話をされているとか」

「はい。デルフィーナ様の身辺のお世話をすることを条件に学費を援助していただき、離れの隅に住まわせていただいております」

最初の頃は慣れないと思っていたこの設定も、いろいろな場面で口にするうちにすっかりなじんできていた。

今でも自分のことを「デルフィーナ様」と呼ぶのは何様だって気はするけれど、そういう役だと思うと割り切れた。なんていったって私、前世は演劇部のスターだったからね。モブの、だけど。

私の答えを聞き、伯爵令嬢はふん、と鼻を鳴らした。

「ならば、セドリック様がデルフィーナ様に想いを寄せてらっしゃることもよくわかっているでしょう」

「……え、ええ、もちろんです」

つい口ごもってしまったのは、セドリックが見せる表情を思い出してしまったから。

最初のうちはそれこそ、うさんくさい笑顔をばらまく人だなぁ、早く私にドン引きしてくれないかなぁ、と思っていた。二次元と三次元は別物だから、『クロ愛』で人気の攻略対象と恋をするなんて、これっぽっちも考えていなかった。

それなのに……この数カ月間で、彼は私の知らなかった顔をたくさん見せてくれた。

ひょうひょうとしているようだけれどふとした時に真剣な横顔を見せたり、ドラゴンの前では子どもみたいに笑ったり、平民男子科の生徒と一緒にいる時には大きな口を開けて笑ったり。

そういう姿を見ていて……うっかり、ときめいてしまっている。だから、伯爵令嬢に問いただされてつい、彼の無邪気な表情を思い出してしまったのだ。

でも彼女は私が一瞬口ごもったのを別方向に解釈したようで、すっと眉をつり上げた。

「あなた、もしかして。恐れ多くもセドリック様に慕情を寄せているのではなくて？」

「ぼじょ……い、いえ、まさか！」

今の私はフィー・ジョーンズなのだから、間違ってもセドリックとそういう関係であると思われてはならない。

他の三人は私を見て、「きっと図星なのよ」「なんて、あさましい」とこそこそ言い合っていて、伯爵令嬢も険しい顔のままずいっと詰め寄ってきた。万が一にも彼女に正体がばれてはならないので、私は詰め寄られた分後退する。

「いいこと？　セドリック様は、あなたのような平民が近付いてよい存在ではありません。あの方は、デルフィーナ様と結ばれるべき。これまで苦労なさってきたデルフィーナ様は、セドリック様の愛に包まれて幸せに過ごされるべきなのですよ」

え、ええ……あなた、そんな風に思っていたの？　というか私、あなたとほとんど関わりがなかったよね。もしかして、かなり熱烈なデルフィーナファンだったの？

「それなのに、あなたは遠縁だからといってセドリック様にベタベタしているでしょう？」

「わたくしたち、知っておりますよ。あなた、我が儘を言って竜舎にセドリック様を連れ込んでいるのでしょう」

いや、あっちから竜舎に来たんですけど。

「セドリック様がお優しいから断れないとわかっていて、誘ったのでしょうね。騎士団長のご令息であるセドリック様をあんな臭いところに連れ込むなんて、ひどいことです」

いやいや、あの人喜んで自分から掃除していますよ。社交界よりもドラゴンの糞の方が純粋で綺麗とか言っちゃう人ですよ。

「離れから出られないデルフィーナ様に対して、なんという当てつけなのでしょうか。あなたの行為は、デルフィーナ様に対する裏切りです。それをわかっての振る舞いなのですか？」

いやいやいや、全部セドリックの方からこっちにやってきた結果なのだから、裏切りとか言われても困るよ。それに、私＝デルフィーナだし。

うーん……とりあえず、この人たちはデルフィーナとほとんど関わりはないけれどなんかやたら持ち上げていて、セドリックとの恋路を邪魔しようとしているフィー・ジョーンズのことを嫌っているということだろう。ただ忠告するにしてはとげとげしいし、明らかに平民を見下しているような眼差しをしているのが気になる。

このまま黙っていれば勝手な方向に解釈し続けられると思い、私は意を決して口を開いた。

「……お言葉ですが。私がセドリック様と共にドラゴン研究クラブで活動をしていることは、デルフィーナ様もご理解くださっています」

「あなた、馬鹿ね。お優しいデルフィーナ様のことだから、あなたを傷つけまいとご配慮なさって強気でいらっしゃるだけよ。そんなこともわからないの？」

ば、馬鹿扱いときましたか。確かに、貴族の世界では「言葉の裏にある真意を読み取る」ことが大切だとされているけれど、これはただの妄想じゃないかな。

「私たちのことでなにかお気付きのことがございましたら、どうかセドリック様におっしゃってください」

早く話を切り上げてほしくてセドリックの名前を出したけれど、さっと令嬢たちが色めき立った。

「あなた、ご多忙なセドリック様に自分の責任を押しつけようとするつもり？」

「本当に、これだから図々しい平民は嫌いよ」

「身の程を知りなさい！」

そう言って、リーダー格の伯爵令嬢が私の肩を突き飛ばそうと腕を伸ばしてきて——

「そこまでだ」

ぱし、と横から伸びてきた手に手首を掴まれた。

いつの間に、そこにいたのか。伯爵令嬢とその隣の令嬢の間に、金髪の貴公子が立っている。

いつもは若干うさんくさい笑みを浮かべているその顔は、恐ろしいほどの無表情。笑顔の欠片もない顔に、さしもの私もひゅっと息を呑んでしまった。

「なによ……って、セドリック様⁉」

「ど、どうしてここへ⁉」

確かに、ここは貴族女子科と平民女子科の生徒が使う講堂だ。研究生として貴族男子科の生徒と行動を共にすることが多いセドリックが来る場所ではない。

セドリックは青い顔の伯爵令嬢から手を離し、薄く笑った。

「貴族女子科の生徒が私の遠縁の娘を囲んでいる様子だ、と知らせてくれた人がいたので、急ぎ駆けつけました」

きっと、モニークだ。私がいじめられていると思って、セドリックを呼びに行ってくれたのかな。

セドリックは伯爵令嬢の手首を放して腕を組み、「それで?」と温度のない声で続ける。

「あなた方はこのような場所で、フィーになにをしていたのですか?」

「い、いいえ、たいしたことではございません!」

「そうです！　ただ、デルフィーナ様にお仕えする身であることをよく理解しなさい、と忠告しただけでございます！」

そう言いながらも、令嬢たちの目は泳いでいる。どこから聞かれていたのか、と焦っているのが丸わかりで、できる限り自己弁護しようと努めているようだ。

でもセドリックは大体のことを察したようで、ふうっと息を吐き出してから私に向かって手招きした。

「フィー、来なさい」

「……はい」

「ちょっと！」

「一応申し上げておきますが」

伯爵令嬢を遮り、彼女たちの包囲網を抜けた私を背にかばうように立ったセドリックは、冷たく言い放った。

「私が求婚しているデルフィーナ嬢は、とても寛大で優しい女性です。彼女はこのフィーのことを実の妹のようにかわいがり、学院でなにか困ったことがあれば私を頼るようにと常日頃から言いつけているようです」

「えっ」

あ、いけない。令嬢たちだけでなく私まで変な声をあげてしまった。でもタイミングが見事に重なったから、ばれなかったみたいでホッとした。

ええと……つまりセドリックの想定している設定では、そうなっているのね。デルフィーナはフィーに目をかけていて、彼女の方からセドリックを頼るように言っている。それなら他の者たちがとやかく言う権利はないし、私がセドリックの名前を口にするのも当然のことだ、って反論を完封できるのか。

「私がドラゴン研究クラブにお邪魔してフィーの様子を見ているのも、デルフィーナ嬢が大切に思うフィーを見守る義務があるからです。フィーになにかあれば、私はデルフィーナ嬢からの信頼を失ってしまう。……それには耐えられません」

そこまでは淡々と言っていたセドリックが、胸の痛みをこらえるかのように声を震わせてうつむいた。彼の背後に立っている私には、その仕草が本気なのか演技なのかわからないけれど、令嬢たちは明らかに戸惑っている。

「ですから、フィーのことはどうか大目に見ていただきたいのです。デルフィーナ嬢は、フィーから学園のことやドラゴンのことなどを聞くのを、とても楽しみにしています。彼女の楽しみを、そしてフィーへの信頼を、奪わないでください」

どこまでも落ち着いた声音だけれど、最後のひと言はかなり低く、ゆっくり告げていた。

それを聞いた令嬢たちは顔を青白くさせてから、頷いた。

「わ、わかりました。セドリック様の仰せの通りにいたします」

「そうしてください。……なにか、フィーに言うことは？」

「……余計な口出しをしたこと、お詫びします。申し訳ありませんでした、ジョーンズさん」

一瞬だけ彼女らは口元を引きつらせたけれど、セドリックの言葉の意味を正しく理解して私に頭を下げてきた。

わわわ。貴族令嬢がただの平民に対して頭を下げるなんて、とんでももない！

「どうか顔をお上げください。皆様がデルフィーナ様のことを深く敬愛していらっしゃるゆえの行動だとわかっております。きっとデルフィーナ様も、ご理解くださいます」

「……そうだとしたらありがたいです」

まあ私がそのデルフィーナだからね。彼女らはちょっと暴走しちゃったんだろうし、セドリックに叱られて謝罪もした。私としては十分すぎるくらいだ。

どこか気まずそうに顔を上げた令嬢たちはしばし目線を交わし合っていたけれど、伯爵令嬢がおずおずと口を開いた。

「……その。セドリック様は本当に、デルフィーナ様のことを愛してらっしゃるのですね」

「当然です」

「まだおふたりは正式に婚約なさっていないそうですが」

「私はデルフィーナ嬢と、無理やり関係を結びたいわけではありません。彼女が心の底から私を愛し、この想いを受け止めてくれるようになるまではいつまでも待ちます」

セドリックの熱を込めた言葉に、伯爵令嬢たちの目の色が変わる。お、おお。なんだかちょっと場の空気が変わった。

私は平民のフィーちゃんでセドリックの恋愛のあれこれには関係ないので、そろそろこの場からおいとましたい。けれども、セドリックに服の裾を掴まれた。逃げるなってことか……。

「わたくしたちは去年、遠くからデルフィーナ様のお姿を拝見することしかできなかったのですが。やはりお屋敷の方では、学院ではお見せにならないようなお姿をなさるのですか？」

伯爵令嬢、さっきまでのしおらしい態度はどこへやら興味津々だ。彼女が私のことを敬愛しているっていうのは本当のことみたいだけど……それは別に構わないけれど……これは、さすがにいたたまれない。

全力で目をそらす私に気付いているのかいないのか、私の服の裾を掴んで逃がすまいと拘束しているセドリックがふふっと笑う気配がした。

「そうですね。あなた方はデルフィーナ嬢を完璧な高嶺の花だとお思いかもしれませんが……

最近はわりと、私の前ではくだけた姿を見せてくれるようになったのですよ」

えっ、それを私の前で言うの？　ま、まさかあの馬車でのやり取りの続きを、ここでするの……？　それは嫌ではないけれど、さすがに第三者の前でされるのは恥ずかしい。

「まあ！　あのデルフィーナ様が？」

「よ、よろしければ詳しくお伺いしても？」

あなたたちも、興味津々で聞いてくるな！　セドリックを煽るな！

「もちろんですとも」

おまえも乗るなっ！

「私も最初こそ、デルフィーナ嬢のことを高嶺の花だと思っておりました。ニコラス殿下との婚約の解消という出来事があったから、私の手元にお招きすることができただけ。そしてそれ以降も、あの方が私の愛に応えてくれるまでひたすら待つしかないのだと思っておりました」

「まあ……」

「しかし共に過ごす時間を重ねるうちに、私はデルフィーナ嬢の新たな面を発見しました。ここにいるフィーを妹のようにかわいがる姿だったり、菓子を美味しそうに頬張る姿だったり、たまに拗ねて怒りながら離れに行ってしまう姿だったり。そういうあの方の素顔を見るにつれて、愛おしい、もっといろいろな顔を見せてほしい、と思うようになったのです」

まるで役者のように気持ちを込めて語るセドリックの姿に、伯爵令嬢たちがきゃっと歓声をあげた。さっきまでセドリックに叱られていたというのに、この変わり身の早さよ。

しかしなんで私は、セドリックが私への愛を語る場に居合わせなければならないんだ……穴があったら、入りたい。

そして、気付かされた。セドリックに愛想を尽かされようと、猫被りをやめてがさつに振舞っていたのだけれど、そういうところが彼の恋心を燃え上がらせていた。つまり私の作戦は大失敗だったということだ。

とはいえ、推しに好かれて嬉しい。しかも、綺麗な外見だけではなく素顔の私を認めてくれたというのが、いっそう嬉しい。でも、どうすればいいのか困る。

嬉しいのに困るなんて……こんな感情、前世でも感じたことがなかった。


「フィー、げっそりしているわね。やっぱり休憩時間のことが響いた？」

「うん……」

放課後、ドラゴン研究クラブ用の活動部屋にて。

テーブルにぐったり伸びていると、モニークに心配そうに声をかけられた。ポニーテールを揺らしながら、モニークは大きな目を心配そうに伏せる。

「私、フィーのことが心配でセドリック様をお呼びしたのだけれど。なんだかフィー、余計に疲れた顔になっていたわね。迷惑だった……？」

「いいえ！　そんなことないわ！」

がばっと身を起こして声をあげると、モニークはホッとしたように目尻を下げた。

「それならよかったわ。フィーがいじめられていると思って、いてもたってもいられなかったの」

「気を遣わせてしまったわね。セドリック様を呼んでくれて、ありがとう」

モニークに、心からのお礼を言う。

正直、私が疲れている理由の大半は女子生徒に囲まれたからではない。その後のセドリックが原因だ。

彼はわざと私の前で、デルフィーナへの愛を吐露した。それはきっと、私を疎む女子生徒たちを牽制して私を守るためだったのだろうけれど……今になって、不満も湧いてきた。

馬車の中で告白されて、約半月。あれからちっともそういう甘い雰囲気にならなかったのに、女子生徒たちの前では思っていることをペラペラと口にする。

……それを言うのなら、他の誰もいないところで、私だけに聞かせてほしい。

そんなことを思ってしまい、自分は本当にセドリックに惹かれているのだと思い知らされる。

まさかこんなことになるなんて、と考え込んだために必要以上に疲れたし、迷う気持ちが表情に出てモニークを心配させてしまったみたいだ。

「そういえば。フィー、今日はマリンモリンの背中に乗せてもらう日だったわよね？」

「っ、そう、そうなのよ！」

モニークに言われて、私は背筋を伸ばした。いくら疲れていても、今日は帰るわけにはいかない。なぜなら今日こそ、私がドラゴンに乗る日だからだ。

部長は『もうジョーンズさんなら大丈夫だろうね』と太鼓判を押してくれたし、マリンモリンの方も私を見てまんざらでもなさそうな態度を取るようになった。彼女より格下のビルルブルルに至っては、私が掃除のために小屋に入ったらグルル、と唸って挨拶するくらいになっている。

そういうわけで、私は上機嫌で着替えをして竜舎に向かった。今日は、部長が一緒に乗ってくれる予定だ。セドリックは『私は近くで見ておりますよ』と言っていたので、彼にからかわれたりすることなく安心して乗れるはず。

……と思いきや。

「……セドリック様」

「やあ、フィー。休憩時間ぶりですね」

「……あの、なぜセドリック様まで身支度をなさっているのですか？」

今日は見学する、と宣言していたはずなのに、なぜか私とおそろいのジャケットや帽子を着用していた。どれも、ドラゴンの背に乗って空を飛ぶ際に必要な防風用衣装だ。

セドリックに代わって答えたのは、彼の隣で笑っている部長だった。

「いやそれがね。あそこにいる貴族女子科の生徒たちが、『セドリック様とジョーンズさんの絆を見て確かめたい』とか言い出して。僕にはなんのことかよくわからないけれど、君、元伯爵令嬢のデルフィーナ様と懇意にしているんだろう？　だからかな」

「はぁ」

「ああ、大丈夫だよ。君も知っての通りセドリック様は竜騎士だし、君の練習飛行の相手としても十分だよ」

「はは、ありがとう。あなたも竜騎士団の者に引けを取らない乗りこなしだから、そう言ってもらえて光栄ですよ」

「言ってくれますねぇ、セドリック様！」

男ふたり、なんだか楽しそうだし仲良くなっているっぽい。部長は平民出身だけど、いつの間にかセドリックと軽口をたたき合える仲になっていたみたいだ。

今のセドリック、自然体だしなんだか嬉しそう……っていうのは、今はいいとして。

「ですが、よろしいのですか？　相乗りとなると密着しますし、その、デルフィーナ様のことが……」

「そうですね。他の女性の腰を支えたらデルフィーナ嬢を悲しませるかもしれませんが……フィーのことならむしろ、『絶対に手放さないように！』と目をつり上げて言ってくるでしょう」

くっ。彼の中でのデルフィーナは、「居候しているフィーをかわいがる淑女」という設定らしい。部長も、「女性同士の素敵な信頼関係ですねぇ」とぽやぽやと笑っている。

悔しいけれど、私ごときでは口達者なセドリックには勝てない。

「かしこまりました。では、デルフィーナ様にもよいご報告ができるようにしたいので、よろしくお願いします、セドリック様」

「お任せを、フィー」

にっこりと笑ってお辞儀をするセドリックは、憎らしいくらい格好よかった。

モニークが竜舎からマリンモリンを連れてきて、その手綱を渡してくれた。ひとりで手綱を持つのもこれが初めてで、頑丈な手袋の下でじわっと汗がにじみ出る。

「頑張ってね、フィー。大丈夫、マリンモリンはフィーのことをよく見ているから、いつも通り接してあげて」

「う、うん。頑張るね」

「ええ！」

歯を見せて笑ったモニークが、ぽん、と私の背中を軽く叩いてくれた。

こうやって励ますために背中を叩かれたの、デルフィーナに転生して初めてかもしれない。

モニークが離れたので、手綱を引っ張ってマリンモリンと視線を合わせる。

「今日は私と一緒に、空の散歩をしましょう。よろしくね、マリンモリン」

ひと言ひと言丁寧に、凛とした口調を心がけて呼びかける。ドラゴンは階級を重んじる生き物だから、ドラゴンに乗る時には「私を絶対に振り落としたりしないように」としっかり言い聞かせる必要があった。

マリンモリンは爬虫類特有の目をぎょろつかせて私を見て、グオン、と大きく唸ってから首を下げた。……服従の証しだ！

部長が駆け寄り、マリンモリンの背中にふたり乗り用の鞍を手早く取りつける。そして先にセドリックがマリンモリンの鞍に手をかけ、後ろの席にひらりと乗った。さすが天然のドラゴンたらし、私みたいにいちいちマリンモリンのご機嫌伺いをせずとも乗りやがりなさった。

「さあ、フィーもどうぞ」

「……はい」

セドリックに手を差し出されたけれどそれは遠慮し、鐙《あぶみ》にブーツのヒール部分を引っかけて鞍をまたぎ、なんとか自力で座る。

「ふふ、やりますね、フィー」

「できるところまでは自分でやりたいのです」

「立派な心がけですよ」

セドリックは楽しそうに言いつつ、自分と私の分の安全ベルトを着けてくれた。ごついベルトなので見た目は悪いけれど、これをしていないと不慮の事故の際に空に投げ出され、そのまま頭から落ちてしまう。見栄えより、安全第一だ。

ふたり乗り用の鞍にまたがって安全ベルトを着けると、自然とセドリックとの距離が縮まる。彼がいつも纏う香水の匂いが漂ってきて、まるで彼に後ろから抱きしめられているかのようで……。

いや、そんなことを考えていたら飛行練習の妨げになる。意識しない、意識しない。

ベルトを着用して鞍もしっかり取りつけられているのを確認したら、地上にいる部長やモニークに指さし確認の合図をする。まるで電車の運転士のようなこの一連の動作は、マニュアルにしっかり書かれている。面倒だからと指さし確認を怠ったら、部長は監督責任者として私を鞍から引きずり下ろさざるを得なくなる。

「それじゃあ、行っておいで！」

「行きましょう、フィー！」

地上から部長に、背後からセドリックに言われた私は頷き、事前に教わった通り手綱をぐいっと引いて、ブーツの横の部分でマリンモリンの首筋を蹴った。

グアァ、と唸ったマリンモリンが首をもたげ、それまでは畳んでいた翼を広げる。おかげで私の視界のほとんどは、マリンモリンの赤い鱗で覆われた皮膚で占められた。

マリンモリンが後ろ足で立ち上がり、離陸準備をする。体が仰角四十五度くらいに傾《かし》いだけれど、太ももに力を入れてこらえる。この日のために、密かに屋敷で太ももの筋肉発達エクササイズをしてきたのだ。

もう一度手綱を強く引っ張ると、マリンモリンは羽ばたきした。風が巻き起こり、少し離れたところで様子を見ていた貴族女子科の生徒たちが悲鳴をあげているのが微かに聞こえる。

そして、ぐっと足の筋肉に力を入れたマリンモリンが、飛び上がった。翼をばさりとはためかせるたびにその体は地上を離れて……風圧で前が見えない！

「フィー、少しの辛抱です。飛行体勢が安定するまで、目を閉じていいですから！」

背後からセドリックの声がする。私は口を開くことすらできないのに、セドリックは慣れているからか必死にアドバイスしてくれる。

……想像以上に風が強いけれど、なんのこれしき！

セドリックのアドバイス通り、マリンモリンの羽ばたきが静かになるまではぎゅっと目を閉じ——体が水平になり風圧が弱まったところで、恐る恐る目を開いた。

「……わぁ！」

私の声は、ばさり、というマリンモリンの羽ばたきにかき消された。

今、私たちは学院の上空を飛んでいる。地上に目をやれば、四つの校舎を戴くアナスタシア学院の姿がゲームのタイトル通り、クローバーのような形になっているのがわかった。

人間の足で歩けばかなりの距離になるだろう馬場もグラウンドも、学園の外に広がる王都の街並みも大通りも、今はおもちゃの国のように小さく見えた。目線を上げれば、青々とした山脈が世界をぐるりと囲んでいるのがわかった。

「すごい……」

「はは、それはよかったです」

私の興奮した声を聞いてか、後ろでセドリックも楽しそうに言う。

「上空から見る王都の街並みは……美しいですね」

「あら、セドリック様は見慣れているのでは？」

「空を飛ぶこと自体は、慣れています。ですがこうして騎士団のことや殿下の護衛のことなどを一切考えず、ただ楽しむためだけに空を飛ぶのは初めてかもしれません」

思わず背後を振り返ると、セドリックが「前を見て、安全運転ですよ」と優しく注意を促したので、慌てて前を向く。

「……私、思っていたのです。セドリック様って、うさんくさいって」

「これは手厳しいですね。ですがまあ、我ながらうさんくさい笑顔だと思います」

私の正直な告白にセドリックが笑みを含んだ声で返したので、私は頷いた。

「そう思っていました。でも、学院や屋敷でのセドリック様はよく、自然な笑顔を見せてくれるようになりました」

「………………」

「今さっき、ちらっと見えたあなたの顔も、まるで幼い男の子のように無邪気でした」

「大人げない、という意味ですか？」

「いいえ。男子生徒と一緒に泥だらけになったり、ドラゴンの前で笑ったり。そういうあなたの顔、私、結構好きですよ」

……ああ、言っちゃった。地上では言えないことも上空ならいいかな、みたいなノリで言ってしまった。

でも不思議と、後悔する気持ちはない。むしろ、ずっと胸の奥だけで思っていたことを本人に言えて、すっきりした。

セドリックは、黙っている。後ろを向いてみたいけれど安全運転第一なので、ぐっと我慢する。

「……ご迷惑でしたか？」

「まさか。むしろ自分でも、驚いている。あなたに……デルフィーナ嬢にそう言ってもらえてすごく嬉しい、と思っていることに」

今ここにいるのは私とセドリック、それから人間の言葉の大半は解さないマリンモリンだけだからか、彼は私のことを本名で呼んだ。

「やはりあなたは今でも、私からの求婚を受け入れられそうにありませんか？」

「……自分でも、よくわからなくなってきているのです」

マリンモリンになら聞かれても大丈夫だろうと思い、正直に打ち明ける。するとセドリックは小さく笑い、少しずれていた私の帽子をそっと直してくれた。

「実は、気付いていました。求婚した時のあなたは、明らかに迷惑そうにしていたことに」

「……そ、そうですか」

ばれていた──！

でも背後のセドリックは、調子よさそうに言葉を続けている。

「突然のことでしたから、迷惑がられても当然です。むしろ、私の屋敷で同居することに承諾して仲良くなる期間を設けてくださっただけで、私は十分ですよ」

もしかすると彼は、この期間中に私がセドリックから嫌われよう、と企んでいることにも気付いていたのかもしれない。

でも、たとえそうだとしても。わざわざそれを口にしないのが、セドリックという人なのだろう。

「あなたを追いかけて学院の研究生になってからの、数カ月間。この日々は……私がこれまで生きてきた人生の中で一番、輝いていたかもしれません」

「あら、そんなことをおっしゃったら殿下が泣かれますよ？」

「はは、そうですね。だから、これは私とデルフィーナ嬢、それからマリンモリンだけの秘密ですよ」

しっ、と耳元で息を吹きかけられ、危うく手綱を取り落としそうになった。

「ちょっ、セドリック様！」

「本当に、感謝しているのです。こんな私を、笑顔にさせてくれたことに……」

最後の方は小声になっていったので、風の音にかき消されて聞こえなくなった。

でも、別に気にはならない。

「楽しいですね、セドリック様」

私がそう言うと、

「ええ、楽しいですね、デルフィーナ嬢」

そう答えてくれるから。


学院で過ごす時間も残り半年、といった頃。

「ニコラス殿下から、私とデルフィーナ嬢に招待状が届いている」

学院での活動を終えた後、セドリックから『話したいこともあるし、せっかくだから一緒に夕食でも取りませんか』と誘われた。半年前の私ならあの手この手で言い訳をして、夕食だけはなんとしてでもお断りしただろうけれど、最近はわりと素直に誘いに乗っていた。

あの真意の読めない笑顔はすっかりなりを潜めていて、近頃のセドリックは、高級なワインを飲みながら貴族男子科の授業で起きたアクシデントや出来事についておもしろおかしく報告してくれたり、私の話を興味深そうに聞いてくれたりする。

そんなこんなで、そこそこ会話を弾ませながら美味しい食事を堪能し、食後のお茶が出たところでセドリックが切り出した。これが夕方に言っていた、〝話したいこと〟なのだろう。

「殿下とエミリ様の結婚まで、あと一年になりました。婚約記念式典について、デルフィーナ嬢はご存じですよね？」

「ええ。王族の婚約が成立して半年以上経過し、結婚まであと一年というところで開かれるパーティーですね。国内の貴族だけでなく近隣諸国からの賓客も招き、ふたりの婚約を大々的に喧伝する役割があるとか」

かく言う私も、ニコラスとこの婚約記念式典を執り行う予定だった。

「そう。その式典に、私はシャーウッド侯爵の縁者兼、護衛騎士団員兼、殿下の友人枠としての出席を提案されています」

「肩書きが多いですね」

「もう慣れましたよ。そして殿下はそこに、あなたも誘ってらっしゃるのです」

そう言って執事から受け取ったカードを、セドリックは見せてきた。彼の手元には、微妙に色の違う封筒が二通ある。

「普通ならば、ケンドール伯爵家の取り潰し処分を受けた身であるあなたが、殿下とエミリ様の婚約記念式典に参加できるはずもない。ですが今回あなたは、『エミリ様の友人枠』として招待されています」

「次期王妃の誘いであれば、断ることはできない。私とエミリ様が懇意であるのは有名な話だから、貴族たちも私の出席に異を唱えることはできず……うまくいけば、私の名誉回復にも繋がるのでは、ということでしょうか」

私が考えを述べると、セドリックはにっこりと笑った。

「これくらいのことは、あなたにはお見通しのようですね。あなたの名誉が回復するというのは、殿下にとっても悪い話ではないですからね」

「私にとっても、ありがたい話です」

もし私がウキウキ隠居生活を送るとしても、名誉はないよりはあった方がいい。

世間の意見とは厄介なもので、同じ隠居生活でも、徳の高い人がすれば「俗世から離れて慎ましい生活を送ることを願う、清廉な人」と言われ、徳の低い人がすれば「後ろめたいことがあるから、田舎に逃げている」と言われる。だから、ニコラスとエミリの気遣いには感謝しかない。

セドリックから受け取ったカードをしげしげと見ていると、正面で小さく笑う気配がした。

「それに、あなたが式典で務めを果たされたら、あなたに求婚している私としてもやりやすくなりますからね」

「それはそれは。次期王妃殿下との友情厚い女を手に入れれば、セドリック様としても嬉しいことですものね？」

からかうように言われたので私もからかいを込めて言い返すと、セドリックは「これは手厳しい」と微笑む。

「そういう意図があることは、否定しません。もうあなたの前で猫を被っても仕方がないようですからね」

「素直なのですね」

「どういたしまして。まあ、あなたはどうやら厄介事を引きつけてしまう体質のようなので、いっそ部屋の中に閉じ込めて誰の目にも触れないように大切に大切に囲ってしまった方が、私としては安心なのですが……」

ヤンデレ方面へのシフトチェンジは、やめていただきたい。

「とはいえ。私は素直なのではなくて、面倒事を嫌っているだけですよ。ただ、愛しい女性に輝ける場を提供したい、あなたには侮蔑の眼差しではなくて羨望の眼差しを受けてもらいたい、と思う気持ちがあるのも事実です」

それまでは調子よくしゃべっていたのに、セドリックはふと目を細め、いつもよりも低く囁くように声音を変えてきた。

こ、これはさては、口説くモードに入っているな。彼との半同居生活も半年になり、この人の思考回路も大分わかってきた。

「それは身に余る光栄です。では、お話も終わったのでしたらそろそろ離れに戻らせていただきたく……」

「嫌だ、と言ったらどうしますか？」

カードを手にした私が立ち上がろうとしたら、それより早く席を立ったセドリックがテーブルを回り、そっと私の両肩を押さえてきた。ふわり、と漂う清涼感のある香水の匂いが、胸の奥をくすぐる。

どこか熱っぽい眼差しを向けられると、顔が熱くなってくる。好きだ、と思う人に触れられ見つめられ、嬉しい。でも、こんな近距離で顔を近付けられるのは恥ずかしい。

これ以上見つめられたら緊張のあまり変なことを口走ってしまいそうで、セドリックのまっすぐな視線から逃げようと顔をそらした。でも、彼はわざわざ背けた視線の方に顔を持ってくる。

「い、嫌だと言われましても。ここには私の部屋はございませんし……」

「ありますよ？　私の寝室の隣は、いつでもあなた用に準備しております」

にっこりと——あのうさんくさい笑顔ではなく子どものように無邪気な笑みを浮かべたセドリックが、天井を親指で示しながら言う。

セドリックの寝室の、隣。つまり、この屋敷の主の隣室。

そこは、家主の妻用の部屋だ。

「……そこに泊まるわけにはいきません！」

「泊まるのではなくて、そもそもあなた用なのですが」

「気が早すぎませんか!?」

まだ結婚どころか、婚約の段階にすら進んでいないのですけれど。

私が全力でノーを示していると、セドリックは小さく噴き出した。

「ふふ、すみません。つい、あなたの反応を見てみたくてからかってしまいました」

「……やっぱりからかっていたのですね！」

「からかっていたのも事実ですが、あの部屋があなた用であるというのも本当ですよ」

おもしろがるように囁いたセドリックの右手が持ち上がり、私の耳元でなにかがさらりと揺れる感触がした。

「たとえあなたの心がどこにあろうと、あの部屋をあなた以外の女性に使わせるつもりはありません。……これから先、なにがあろうと」

耳元の髪をかき上げられ、優しく吹き込まれる吐息。……あまり耳が強くない私はついびくっとしてしまったけれど、驚いた理由はそれだけではない。

「も、もし私が逃げたりしたら、どうするのですか？」

「あそこは、空き部屋のまま終わるでしょう」

なんだかすごいことになってきた。

セドリックのことだからヤンデレにアクセルを踏み込んで「逃がしません」と囲い込む宣言をしたり、それかむしろ吹っ切れて「別の女性を探します」とか言ったりするのかも、と思ったけれど、彼は私の予想を両方とも裏切った。

セドリックは、私を待つつもりでいる。私が逃げたとしたら、一生独り身でいる。

それくらい……彼は、私のことを愛している……？

「それだけ私はあなたに惹かれている。あなた以外の女性になびくつもりは毛頭ないのだと……そろそろ気付いてほしいところですね」

「セド――」

「引き留めてしまい、すみません。さあ、そろそろ離れにお戻りください。メイドが温かい湯の準備をして待っていることでしょう」

それまでのシリアスな雰囲気もどこへやら、彼は明るく言うと私から離れた。

確かにメイドたちが私の帰りを待っているだろうけれど。……それじゃあ最初から、私を離れに帰すつもりだったんじゃないか。

……ずるい人だ。本当に。

＊　＊　＊

デルフィーナが離れに戻っていくのを見送ったセドリックは、自室に向かった。

「湯浴みはいかがなさいますか」

「そうだな。書類に目を通したら……」

部屋の明かりを灯した執事に聞かれたので、そう答えかけたセドリックはふと、窓の隙間になにかが挟まっていることに気付いた。

「……少しやることがあるから、出ていってくれていい。その後で湯をもらう」

「かしこまりました」

やんわりと執事を追い出したセドリックは窓辺に向かい、そこに挟まれていたものを抜き取った。それは片手の中に収まる程度の大きさの白い紙で、両面ともなにも書かれていない。

セドリックは無表情でそれを手にランプのところに向かってガラスの蓋を開け、そこに紙をかざした。するとなにも書かれていなかった紙面にじわじわとなにかの形が浮かび上がってくる。

セドリックはそこに描かれているものを見て――チッと舌打ちをして、ランプの火の中に紙を突っ込んだ。

「……裏切るな、ということか」

苦々しげに呟いたセドリック。彼の目の前で燃え上がる紙切れには――長い髪の女性の横顔と、それに重ねられた大きなバツの絵が描かれていた。

＊＊＊

ニコラスとエミリの婚約記念式典の日、私は久しぶりに「元伯爵令嬢・デルフィーナ」として公の場に赴くことになった。

「お綺麗ですよ、デルフィーナ様」

「ありがとう。皆が上手にメイクしてくれたおかげよ」

メイドたちに礼を言うと、セドリックの屋敷付きの彼女らは「あら、まあ」と嬉しそうに頬を緩めた。セドリックのお世話になってすぐの頃は彼女らとも少し距離があったけれど、今ではこうして気さくに声を交わせる間柄になっていた。

鏡に映る私は王子の婚約記念式典に出席するにふさわしい、華やかなドレスを着ている。肌の露出が控えめで、フリルなどをふんだんに使ったかわいらしいデザインのその色は——青と紫。

私の髪は、赤茶色だ。明るい場所では金色っぽく見えるけれど、薄暗い室内では血のように見える。この髪の色に合うのは赤や黒などの、きつい色合いのドレス。だから伯爵令嬢時代も自然と、そういうドレスを着ていた。

ただ……心の奥では、青色も着てみたかった。前世の私は青や白が好きで、私服はそういった色合いのものを選ぶことが多かった。前世は黒髪だったから、どの色もほぼ問題なく着こなせた。

でもこの赤い髪には、青や白は似合わない。髪の色とドレスの色が喧嘩してしまい、ちぐはぐな印象になってしまうからだ。伯爵家にいたメイドも、私のこのきつい色合いの髪と合うアクセサリーを探すのに苦労しているようだった。

でも今回、セドリックはあえて青系統のドレスを贈ってくれた。まさか彼は、私が本当は青色が好きだということを知っていた……のだろうか。

おそるおそるドレス入りの箱を開けた時には、綺麗な青色だけど、ちょっと髪の色と合わないかも、と思った。でも今日いざ身につけてみて、驚いた。

ドレスは、全体の色合いは青だけれど、胸元からスカートの裾部分に向かうにつれて絶妙に色合いを変えていた。胸の付近は、髪の色と喧嘩しない紫に近い青色。そこからだんだんと赤みが抜けていき、裾に至ると完全な青空の色になる。足を進めると微かな音を立ててスカート部分が揺れ、そこから下に穿いたペチコートの白いレース部分が覗いている。

とてもかわいいドレス。自分には似合わない……年を取って髪が真っ白になってようやく着こなせたらいいな、と思っていた青色を、まとうことができた。

支度を終えた私が屋敷のリビングに向かうと、そこで待っていたセドリックが私を見て目を丸くした。彼もまた、主君の婚約記念式典に出席するにふさわしい、豪奢な白い礼服を着ていた。

彼は金髪に青い目だから、文句ないくらい白がよく似合う。あと、いつもは下ろしている前髪をすべて上げているので印象が違って見えた。涼しげな目元がはっきり見えるからか、それとも彼が熱を込めた眼差しで私を見ているからか、胸が、激しく高鳴る。

「……驚きました。想像以上です、デルフィーナ嬢」

「ありがとうございます、セドリック様。でもセドリック様のことですから、大体のことは予想できていたのでは？」

「もちろん、あなたの燃えるような赤毛に似合うドレスにしよう、ということを念頭に置きながら注文しましたから。ですが、私の想像が空虚に思えるほど、今のあなたは美しい」

セドリックは私の前に来て銀糸を編み込んで作ったグローブを嵌めた手を取り、そっと唇を寄せた。

手の甲へのキスは、敬愛の証し。社交界ではわりとよく行われる挨拶のひとつだけれど……他でもないセドリックにしてもらったからか、キスを受けた手の甲が熱を放っているかのように熱く感じられる。

「……セドリック様は、私が青色が好きだとご存じだったのですか？」

手の甲の熱から意識をそらそうとセドリックに問うと、彼は微笑んだ。

「ああ、やはりそうだったのですね。あなたの部屋にある小物は青や白のものが多いと、メイドが言っておりました。せっかくドレスを贈るのですからあなたの好きな色で、あなたの美貌を存分に引き立てられるものにしようと思っていたのです」

　よどみなくセドリックは言い、胸ポケットから出した懐中時計を見た。

「そろそろ参りましょうか」

「はい。本日はよろしくお願いします、セドリック様」

「こちらこそ。愛するあなたを全力でエスコートいたします」

　少し前の私なら、そんな歯の浮くような台詞をさらりと言うなんて、さすが『クロ愛』でも屈指の人気キャラは違うわねぇ、と笑い飛ばせたかもしれない。

　でも今の私にはそんな余裕はなくて『愛するあなた』と言ってもらえた嬉しさで、胸の奥がくすぐったい。

　それに、それだけではなくて。

「セドリック様。顔、赤くないですか？」

「気のせいでしょう」

「でも、耳も……」

「気のせいですっ」

　セドリックは珍しく早口で言いつのり、私の手を引いて玄関に向かう。

　金色の髪の隙間から見える耳は……私の見間違いなどではなく、やっぱり赤かった。

ニコラスがエミリと婚約するまでの間は、実にいろいろなことがあったらしい。

「らしい」と伝聞口調になるのは、その頃には私はもう貴族令嬢ではなくなっていたため現場にいなかったからだ。やはりというか、「たかが男爵令嬢」が王妃となることに文句を言う者が出てきたそうだ。

でもそんな者たちを前にしたニコラスはエミリのよさを語り、エミリもまたあのかわいい顔で『ニコラス殿下のためなら、私は死ぬことができます』と強い眼差しで主張したようだ。ただ好きなだけでない、未来を見据えた上で手を取り合う決意を固めた若者たちを前に、「うちの娘を王妃にしたい」という私欲に満ちていた貴族たちは、なにも言えなかったという。

その後も、実家の後ろ盾が弱いエミリに取り入ろうとする者も出てきたそうだけれど、そういうのはニコラスやセドリックたち『クロ愛』の攻略対象が、一致団結して潰していった。どうやらエミリはニコラスだけでなく、他の攻略対象たちとの好感度もそれなりに上げて「よい友人」という絶妙な関係を保っているようだ。本当にあの子、やるわ。

そんなふたりの婚約を祝うパーティーにて。

セドリックにエスコートされて歩く私の姿は、それなりに人目を引いた。

「あれは、ケンドール伯爵家の令嬢では？」「いや、元令嬢だろう」「なぜ、ここに？」「そういえば、エミリ様が友人として元伯爵令嬢を招いたとか」「騎士団長の息子が、その元令嬢に求婚しているとか」「どうしてまた、シャーウッド侯爵家のご令息でありながら……」といった、ひそひそ噂話の声が聞こえる。

こういう噂話は、あえて本人に聞かせる声量でするのがミソらしい。でも私もセドリックも、敵か味方かわからない、正直どうでもいい相手の言葉には一切耳を貸さず、壇上で待つ本日の主役たちのもとに向かった。

ニコラスとエミリは、おそろいの白と金色の衣装をまとっていた。そしてエミリの髪には黒い宝石が嵌まった髪飾りが、ニコラスの胸元にはピンクゴールドの石で作られたブローチが——互いの髪の色を反映させたアクセサリーを身につけていた。

「本日はお招きくださりありがとうございます、ニコラス殿下、エミリ様。ご婚約、おめでとうございます」

「お招きくださったこと、恐悦至極に存じます。ありがとうございます、ニコラス殿下、エミリ様。ご婚約をお祝い申し上げます」

「ありがとう、ふたりとも」

「ありがとうございます。こちらこそ、来てくれて嬉しいです」

ニコラスとエミリが笑顔で言う。なお、今日は改まった場だからかニコラスはいつも愛用している眼鏡を外している。チャームポイントの眼鏡を外すと一気にモブっぽくなる王子様だ。

「デルフィーナも、健勝そうでなによりだ。……この前の茶会以来、エミリはまたデルフィーナとおしゃべりがしたいとただをこねていてな」

「まあ、殿下ったら！　殿下こそ、たまにはセドリック様も交えた四人でお茶を飲みたいとこぼしてらっしゃったでしょう」

「む……ま、まあ、私とてそう思うこともあるさ」

ニコラスは少し気まずそうだけれど、私の隣にいるセドリックは嬉しそうに微笑んでいた。

「それは光栄なことです。是非とも今度、デルフィーナ嬢と一緒にお伺いさせてください。この前は私だけ、絶品の菓子を食べ損ねましたからね」

「おまえ、甘いものは好かないと言っていただろう。……まあ、いい。ともかく、今日はふたりとも楽しんでくれ」

「デルフィーナ、また一緒におしゃべりしましょうね」

「ありがとうございます、エミリ様」

公の場だからエミリは私のことを「デルフィーナ」と呼び捨てにしているけれど、その時は少しだけ寂しそうな眼差しをしていた。

いずれ彼女は、私を「デルフィーナ」と威厳たっぷりに呼べるようにならないといけない。努力家で空気の読める彼女のことだから大丈夫だと思うけれど、ゆっくりでいいから王妃の階段を上っていってほしい。

さて、主役への挨拶が終わったところで歓談、だけど。

「セドリック様は引く手あまたでしょう。ごゆっくりしてきてくださいな」

「いや、今日はあなたのそばにいます」

さっきからちらちらと、いろいろな人からの視線を浴びている。それらはすべて、セドリックに向けられたものだ。

騎士団長の息子で、王子の護衛。シャーウッド侯爵を伯父に持つというハイスペックな彼とお近付きになりたいという人は、老若男女問わず存在する。それなのに彼はきっぱりと言い切り、近くを通った給仕からふたり分のカクテルを受け取った。

「屋敷で言ったでしょう？　あなたを全力でエスコートすると」

「もう十分してもらいましたよ？」

「あなたにとっては十分でも、私にとっては不十分なのです」

なんだその理屈は、と思うけれど、カクテルを口元に運ぶセドリックは少しむすっとしているようだ。

……意地になっている、のかも？　だとしたらちょっと、かわいい。普段は格好いいところが素敵だと思っているけれど、好きな人のこととなるとかわいさにさえときめいてしまうものなのかな。

「かしこまりました。では放っておけばすぐに厄介事を引きつけてしまう私を、見張っておいてくださいね？」

「ええ。誰よりも近くで、誰よりも真剣に、あなただけを見つめております」

そう言ってセドリックはグラスを持つ手を替え、私の髪をさらりと指先でくしけずった。どこからか、「まあ！」と興奮したような声が聞こえる。

こ、この人は本当に甘やかし上手というか、さらりとこういうことを言うのだから！　もちろん、嬉しい。嬉しいけれど、私が嬉しいと思う言葉をあっさり探り当てるスマートさが憎たらしいとも思ってしまう私は、我ながらあまのじゃくだと思う。

腹が立つような恥ずかしいような嬉しいような微妙な気持ちで、カクテルを口に含む。

あ、これ、甘くて美味しい。セドリックが飲むものとは色が違うから、私が好きな味のものを選んでくれたのかな。

「音楽が始まりましたね」

「そうですね。一曲、お相手願っても？」

「ええ、もちろん」

グラスを給仕に渡してセドリックに右手を差し出すと、彼は恭しく私の手を取って甲にキスを落とし、ダンスフロアにエスコートしてくれた。

ずっと前、伯爵令嬢だった頃はこのダンスフロアが、シャンデリアの明かりの下が、私のいる場所だった。

ただし、前世の記憶を持っている私は最初から、この明るい場所は私のものではないとわかっていた。結果としてエミリはニコラスを選び、このダンスフロアの主はエミリとなる。

でも、それでいい。それがいい。

私はこの道を選んだことを、絶対に後悔しない。

セドリックのリードに合わせて、ステップを踏む。前世の私はどちらかというと運動音痴だったけれどデルフィーナはダンスのテクニックもばっちりで、さらにパートナーのセドリックも上手だから、周りの人たちに感嘆の眼差しで見られているのを肌で感じる。

「楽しいですね」

思わずそう呟くと、セドリックは虚をつかれたかのように目を丸くして——なぜか、とても寂しそうに微笑んだ。

「ええ、楽しいです」

「本当ですか？」

「本当ですとも。……ずっと、この時間が続けばいいのに」

そう呟くセドリックの真意を問おうとしたけれど、彼の手に引かれてくるりとターンを決めたので、尋ねるタイミングを逃してしまう。

ねえ。どうして今、あなたはそんなに寂しそうな眼差しで「楽しい」と言ったの？

どうして、そんな切なそうに私を見ているの？

もし、私が胸の奥でくすぶっていてまだ言葉にしていないこの想いを口にしたら、もっと笑ってくれる？　私はどこにも行かない、って言ったら、安心して微笑んでくれる？

もしそうなら、私は――

あっという間に一曲が終わり、セドリックは優雅に腰を折ってお辞儀をした。

「お相手くださり、ありがとうございました。さすがデルフィーナ嬢、優雅に舞うあなたは、誰よりも美しかったです」

「こちらこそ、あなたのおかげで楽しめました。……もう一曲、踊りませんか？」

「えっ」

弾かれたように顔を上げたセドリックは、一瞬だけど迷うような眼差しを見せた。私の方から二曲目を誘うとは、露ほども思っていなかったかのようだ。

「二曲目も？　まさかデルフィーナ嬢、二曲目のダンスの意味をご存じないわけでは……」

「もちろん知っております。わかっていて申しているのですが、おかしなことでしょうか」

この国における一曲目のダンスは、社交辞令と友情。二曲目のダンスは、あなたに本気、の意味。そして三曲目以降も踊れるのは、生涯を共にすると決めた結婚相手だけ。

私は、あなたに本気です。あなたの想いを受け止めるつもりでいます。

二曲目の誘いに込めた私のこの気持ちが、あなたに伝わるだろうか。

私がじっと見つめながら待っていると、セドリックはためらうように視線を彷徨わせた。そうして彼は静かに目を伏せて、なにかに耐えるかのようにぎゅっと目をつむり――やがて目を開いた時、その双眸には強い光が宿っていた。

「……いいえ。あなたの方から誘っていただけて、震えそうなほど幸せです」

「大袈裟ですよ」

「これが私の本音です。……デルフィーナ様。私には、あなただけ。……それを誓います」

なにかを誓うかのように呟いた後、セドリックは私の手を再び取った。

彼の急な誓いがなにを表すのか、私にはよくわからない。ただ……本音を打ち明けてもらえた嬉しさよりも、なにか小さな不安の種がぽつりと胸の奥に芽吹いたことの方が、私は気になってしまった。

それでも。

「ええ。嬉しいです、セドリック様」

今はただ彼の気持ちを受け止め、彼と一緒に踊れるこの時間を大切にしたかった。

六章　その先にある真実

最近、セドリックの様子がなんか変だ。

「え、そうかしら？　私から見るとセドリック様はいつも通りだと思うけれど」

「そうかな……」

放課後のドラゴン研究クラブでの活動中、ビルルブルルのお散歩中にモニークに相談したところ、彼女はきょとんと首を傾げた。

真冬でありながら今日は天気がよくて風もなく、絶好のひなたぼっこ日和だ。マリンモリンたちは部長やセドリックを乗せて空を飛んでいるけれど、ビルルブルルは小柄なので人を乗せて飛ぶことができない。そのため、長いリードを着けた状態で散歩をすることにしていた。

ビルルブルルは小さな翼を広げて、リードが許す限り自由に空を飛んでいる。私たちの頭上をぐるぐる飛ぶビルルブルルを見上げながら、モニークが呟く。

「でも、意外。フィーってセドリック様にあんまり関心がないのだと思っていたわ」

「あ、ええと。実はデルフィーナ様が、セドリック様について気にされているの。それで、もしかしたら学院で変わった様子が見られるのではないかと仰せになったから、私が調べることにしたのよ」

「ああ、なるほど。ということはむしろ、デルフィーナ様の方がいよいよセドリック様の愛を受けるつもりになって、セドリック様の言動が気になるようになった、ということかしら？」

うっ……あながち間違いではないけれど、ストレートに言われるとさすがに恥ずかしい。とはいえ、真実を知らないモニークに悪気はない。

ぐん、とリードが引っ張られる感覚がしたので、「遠くに行ったらダメだよ、ビルルブルル」と頭上に声をかけてから、ふたりがかりでやんわりとリードを引っ張った。私たちの上空を飛ぶビルルブルルは少し不満そうに鳴いたけれど、おとなしく言うことを聞いて旋回してくれた。

「それにしても。初日はビルルブルルにくしゃみをされてショックを受けていたあのフィーが、ここまでドラゴンに懐かれるようになるとはね」

「私もびっくりよ。モニークたちのおかげだわ。ありがとう」

「どういたしまして。まあどちらかというと、あなたの進歩のきっかけになったのはセドリック様だろうけれど」

「……それもそうね」

「それはいいとして、フィーは卒業後にはどうするの？」

私たちが学院を卒業するまで、あと三カ月ほど。既に部長はドラゴンの研究員になることが決まっているし、モニークもいずれドラゴン調教師の試験を受けるそうだ。

　そもそも私が学院に編入した理由のひとつは、セドリックからのプロポーズをのらりくらりとかわして話自体をなかったことにするためだった。でも今の私はすっかり、セドリックに心を奪われてしまっている。

　ニコラスとエミリの婚約記念式典で二曲目のダンスに誘うことで、セドリックに対して本気でいる、ということを伝えた。彼も私の気持ちを受け止め、少し陰のある微笑みではあったのが気になるけれど『私には、あなただけ』と言ってもらえた。

　だから卒業したらきちんと彼と向き合い、求婚への返事をするつもりだ。ということで今のところ、就職などの希望はない。

　ただ、そう思った矢先の、セドリックの異変だ。

　私がニコラスと婚約解消をした直後から、彼は私に対して積極的にアプローチをしてきた。私に好意を抱いていることを隠すことなく、言葉で、態度で、好意を伝えてきた。

　最初の頃はそんな彼のことを鬱陶しく――そしてうさんくさく思っていた私も、なんだかんだ言って彼の隣は居心地がいい、一緒にドラゴンの背に乗って空を飛ぶのが楽しい、ダンスをするのが、お茶を飲みながらおしゃべりをするのが楽しい、と思うようになっていた。

　だというのに、ここ最近の彼は私を避けるようになっていた。学院でうざ絡みされることもめっきりと減り、ドラゴン研究クラブでも彼はもっぱら部長たち男性メンバーたちと一緒にいて、私たちの方に来ることがあまりなくなっていた。

モニークからすると、そこまで大きな変化には感じられないようだ。セドリックとの距離が開いてしまったのを敏感に感じるようになったのは、彼女の言う通り私がセドリックのことを気にかけるようになったから、なのだろうか。


ビルルブルルの散歩を終えて竜舎に戻ると、ちょうど部長とセドリックもマリンモリンたちの散歩を終えて檻に入れているところだった。

「やあ、おかえり、ホロウェイさん、ジョーンズさん。ビルルブルルもご機嫌みたいだね」

「ただいま戻りました。ビルルブルルは元気いっぱいなので、たまに遠くに飛びたがるから引っ張るのが大変でした」

「そっか。もっと広くて天井のある施設とかがあれば、ビルルブルルも自由に飛ばせてあげられるんだけどねぇ」

確かに、たとえば東京ドームくらい広い場所だったら、ビルルブルルも満足して飛べるだろう。さすがにこの世界にそこまでの技術はないから、今はまだ難しいだろうけど。

どうやらモニークは卒業後の進路について部長と相談したいことがあるそうなので、ビルルブルルを檻に入れた後は彼のところに行ってしまった。

ふたりともドラゴン好きで同い年だし、結構お似合いかも、と思うけれど、少なくともモニークは部長のことをそういう風には思っていないようだ。部長の方は、どうなんだろう？

「お疲れ様、フィー。ホロウェイさんの方はまだ用事があるようだし、せっかくだから一緒に帰りませんか？」

モニークたちの方をぼんやりと見ていたら、セドリックに声をかけられた。

彼から話しかけてきたのが少し久しぶりだったので、思わず彼の方をまじまじと見てしまうけれど、今のところ別段おかしな様子は見られない。

「かしこまりました。では、ご一緒させてください」

「では、行きましょうか」

セドリックはすぐに馬車を呼び、私たちはそろってそれに乗った。

以前、貴族女子科の生徒に絡まれた時のことは広く伝わっているらしく、「フィー・ジョーンズはデルフィーナのお気に入りだから、喧嘩を売ってはならない。セドリック・シャーウッドと一緒にいても、からかったりしてはならない」と知られていた。面倒なことは避けられそうなので、この噂には感謝している。

ふたりで馬車に乗ったけれど、これといった会話はない。私の向かいに座るセドリックは腕を組んで目を閉じていて、私と会話するつもりがないことを全身でアピールしているようだ。

……寂しい。

「あの、セドリック様」

「はい、なんでしょうか？」

おずおずと呼びかけると、彼はすぐに目を開けて反応してくれた。私のことを完全無視するつもりはないようなので、少しだけ安心できた。

「最近、体調が優れないのですか？　いつもとはご様子が違う気がするのですが」

「そうですか？　私はいつも通りですよ」

セドリックは即答して、小さく笑った。

――嘘ばっかり、と心の中で叫んでしまう。

私は、彼の〝いつも通り〟を知っている。

彼の本心からの笑みは無邪気で、作った笑みは若干うさんくさいということも知っている。

今の微笑みが無理をしている時のものだということも、知っている。

今のあなたは〝いつも通り〟ではないでしょう、と問いたい。でも、彼の方からやんわり拒絶しているかのような現状でそれを口にする勇気はなくて、私は言葉を呑み込み、笑みを返す。

「それならよいのですが……」

「フィー――いえ、デルフィーナ嬢こそ、最近はお変わりないですか？」

「ないですよ。至って元気です。ただ……」

「ただ？」

「部長やモニークが卒業後のことをしっかり考えているようなので、私も形ばかりだとしてもそういうのを考えなければならない頃かと思っています」

「…………」

セドリックが、黙った。おかしい。

前の彼なら、「あなたは卒業後、私と結婚するのだから問題ないでしょう？」とか言いそうなのに。

「そうですね。あなたがご希望なら、ドラゴン関連の仕事をすることもできなくはないと思いますよ」

ああ、やっぱり。あなたは、自分のもとから私が離れていくような提案をする。

「でもそうなると、デルフィーナとフィー、どちらの名前と顔でやっていけばいいのか迷いますね」

「あ、ああ。それもそうですね……」

訝《いぶか》しみつつも私はあえてセドリックの話に乗ったけれど、やっぱりセドリックは歯切れが悪い。普段ならここでもっと、彼なりの考えを言ったりしそうなものなのに。

セドリックの口調はいつもと変わらず穏やかで、眼差しも落ち着いている。でも、彼が見えない壁を作っているように感じられるのが寂しくて……不安を募らせていた。

彼と一緒に馬車で帰宅したけれど会話が弾まなかったその日、私は離れで夕食を取った後にセドリックが暮らす本邸に向かった。

「セドリック様にお会いできますか」

「セドリック様は三階の自室にいらっしゃいますが、なにかご用事でしょうか」

応対してくれたのは、いつもお茶を淹れてくれたりするメイドだ。少しぶっきらぼうな応対にも思われるけれど、私を追い払おうとしているというより、本当に用事があるのかどうか疑問に思って聞いている感じだ。

「いえ、その……なんとなく、セドリック様のお顔を見たくなりまして」

「なるほど、ふふ。かしこまりました。どうぞ」

そこでメイドは表情を和らげ、私を通してくれた。彼女らとしても、主人であるセドリックと私が正式に婚約するのは喜ばしいことなのかな。

屋敷の勝手はわかっているけれど、マナーとして一応執事に許可を取った上で三階に上がった。

セドリックの部屋に到着する直前、隣の部屋のドアを見て少しだけどきっとしてしまった。

ここはいつぞや彼も話していた、家主の妻用の部屋だ。セドリックはあの時、この部屋は永遠に私用で他の女性に使わせる気はない、みたいなことを言っていたっけ。

今もまだ、彼は同じことを思ってくれているのだろうか。そんなことを頭の片隅で考えながら、私はドアをノックした。

「失礼します、デルフィーナです。セドリック様はいらっしゃいますか？」

「……えっ、デルフィーナ嬢？」

呼びかけると、返事はすぐにあった。でも、その声はかなり焦っている。来てはいけなかったのかもしれない。

「お忙しいようでしたら、日を改めますが」

「いや、大丈夫だ。入ってください」

一応許可は取れたので、そっとドアを開けた。

初めてお邪魔するセドリックの部屋は、整然とした――やや物が少なすぎる気もする空間だった。ミニマリストの部屋というより物事にあまり関心のない人が住む空間のように思われて、なぜか少しだけ寒気がした。

彼は書類仕事用のデスクの前におり、微笑んでこちらを見ていた。

「こんばんは、デルフィーナ嬢。まさかあなたの方から来てくださるなんて、思ってもおりませんでした」

「すみません、なんだかセドリック様の顔を見たくなって……」

「嬉しいことですね。さあ、そちらにおかけください」

セドリックはそう言って、左手でソファを示した。それを見て、嫌な予感に私の胸がざわつく。

彼の利き手は、右だ。それなのに彼は今、ソファを示すために右手を出そうと腕を動かして……途中でやめて、左手を出した。

彼は私に左半身を見せるような格好で立っているので、右腕はよく見えない。けれども……。

「セドリック様。右手、どうかなさったのですか？」

「どうもしておりませんよ」

「では、右手のひらを私に見せてくれませんか？」

私が言うと、セドリックの顔から表情が抜け落ちた。そして彼は大きくため息をついてから、右手を出した。

その手はハンカチを握りしめていて――白かったはずのその布地が、ほんのりと赤くなっている。

「お怪我をなさっているのですか⁉」

「いや、これくらいすぐに止まる。ちょっと紙の角で切ってしまっただけですよ」

「でもその出血量からして、手のひらを切っていますよね？　いくら新品の紙でも、指先でなくて手のひらをざっくりと切るなんて、普通ないですよね？」

私も前世ではよく、コピー用紙で指を切ったものだ。でも切るといってもごく浅い傷で、血が滴ることの方が稀なくらいだった。

セドリックはいよいよ観念したようで、ハンカチを握りしめていた手をゆっくり開いた。ハンカチは既にかなりの量の血を吸っていて、まだじわじわと赤いしみが広がっている。

「大怪我じゃないですか！　すぐに手当てをしましょう！」

「これくらいなら舐めていれば塞がりますよ」

「言っておきますが、人間の唾液にそこまでの効果はありませんよ。むしろ傷口が化膿してぐっちょぐちょのどっろどろになる可能性の方が高いのですから、ちゃんとした治療を受けてください！」

セドリックは、「ぐ、ぐっちょぐちょのどっろどろ？」とわななく声で反芻していたけれど、私はそんな彼に背を向けて、使用人を探しに行ったのだった。


セドリックの右手のひらは予想通りざっくりと切れていて、メイドたちは真っ青になっていた。すぐに傷口が洗われて消毒液を塗られた。治療を受けている間もセドリックは真顔を心がけているようだけれど、左手の拳をぎゅっと硬く握っていた。

消毒の後ですぐに、包帯を巻かれた。幸い、処置が早かったのでしばらくすれば傷口は塞がり、ぐっちょぐちょのどっろどろになる運命は避けられそうとのことだった。

セドリックは利き手が包帯ぐるぐる巻きになったので、かなり不便そうだ。使用人たちが出払った部屋で、彼は不満そうに自分の右手を見ている。

「……これではしばらくの間、ペンを持てそうにないですね」

「そうですね。でも化膿していたら一生ペンを持てなくなる可能性だってあるのですからね」

「わかっています。……ありがとうございました、デルフィーナ嬢」

「どういたしまして」

一応相槌を打ちつつ……さて、こんな大怪我をした理由を聞いていいものか、とためらってしまう。

もし彼が自分でうっかり傷つけてしまったのなら普通、右手に刃物を持つから怪我をするのは左手のはず。それなのに右手のひらだというのは、つまり――

私が物言いたげにじっと見ているからか、セドリックは疲れたように笑った。

「……ここではぐらかしても、あなたはあの手この手を使って探りそうですから、告白します。先ほど鞄の中身を出していた時に、そこに仕込まれていた刃で負傷しました」

「えっ」

慌ててデスクの方を見ると確かに、彼が学院に通う際に使っている鞄が転がっていた。中のものが乱雑に飛び出したりしているけれど、さっきはそれどころじゃなかったから鞄の存在に気付かなかった。

というか、鞄に刃物って――

「大事《おおごと》じゃないですか！　それ、セドリック様の命が狙われているってことでしょう⁉」

「そういうことでしょうね。今回は脅しのつもりでしょうが、さて、どうやって仕込んだものなのか」

「そんなのんきなことを言っている場合ですか⁉　すぐに報告をして、調査を依頼しましょう！」

「いえ、そこまでしなくていいですよ。どうせ、たちの悪いいたずらでしょうから」

包帯の巻かれた右手をしみじみと見ていたセドリックが言うのでつい、彼の左腕を掴んでしまう。

まるで、明日の天気についてでも話しているかのように気軽な様子で、負傷理由について話すセドリック。そんな彼を放っておくことなんてできなかった。

「……あなたは、自分の命がどうでもいいのですか？」

つい詰るように強い口調で詰め寄ってしまったけれど、そんな私に対してもセドリックは静かに構えていた。

「どうでもいいわけではありませんが、これしきのことでニコラス殿下たちに迷惑をかけるわけにはいきません」

「では、考え方を変えましょう。もしこの鞄を真っ先に触っていたのがメイドや執事だったとしても、あなたは『そこまでしなくていい』『たちの悪いいたずら』で済ませていたのですか？　そして次に刃を仕込まれるのが、他の人の鞄だとしても……あなたはそうやって、迷惑がどうのこうのと言えるのですか⁉」

こんな大声をあげたのは、デルフィーナに転生して初めてかもしれない。

セドリックが自分の命を粗末にするのは、決してよいことではない。それに、ここで刃を仕込まれた問題をうやむやにした結果、他の人が傷ついたりターゲットにされたりしたら……セドリックはどうするのか。今度こそ取り返しのつかない事態になったら、誰よりも苦しむのはセドリックなのではないか。

私の言葉に、セドリックは頬を打たれたかのように呆然とした。彼は頭がよくて、口が達者で、私なんかよりもよっぽど機転が利くはずなのに、「他の誰かに被害が及んでいたかもしれない。これから先も、及ぶかもしれない」ということを、今の今まで失念していたようだ。彼らしくない。

セドリックは、自分の左腕を掴む私の手が震えていることに気付いたようだ。そうして彼は瞑目し、ふーっと大きく息を吐いてから、ゆっくりまぶたを開いた。

「……本当に、私はダメな男ですね。あなたを心配させまいと思った発言により、己の浅はかさを露呈させることになるとは」

「気付いてくださったのなら、それでいいと思います」

「……私は自己満足のために、あなたや他の者をも危険にさらそうとしていたのですね。絶対に、あなたを傷つけたりしないと、自分に誓っていたのに……」

セドリックは呟くように言ってから、青色の瞳に固い決意の炎を宿して私を見つめてきた。

「……デルフィーナ嬢。私は、あなたに隠し事をしております」

「まあ、そんな感じはしていました」

「やはりそうですか。その隠し事の内容は、今はまだ言えません。ですが……私は決してあなたを傷つけたりしないこと、あなたが私に寄せてくれる信頼に裏切ったりしないことだけは、誓います」

負傷していない左手を胸に当てて、セドリックは静かに告げる。

私は、こんな彼は知らない。『クロ愛』に登場するセドリックは、正統派王子様で模範的な貴公子だった。というか、それが彼のキャラクター性であり売りでもあった。

でも、『クロ愛』リメイク版ではオリジナル版では明かされなかったという、各キャラクターたちの掘り下げられたイベントが存在するという。

私はリメイク版未プレイのまま死んでしまったのでそれを知る機会は永遠に失われたけれど……もしかすると彼が抱える隠し事が、リメイク版で明かされた掘り下げに関するものなのかもしれない。

本当なら、その掘り下げを知るのはゲーム主人公であるエミリの役目だ。でも、シナリオはもう書き換えられている。

私はいずれエミリに代わって、セドリックの真実を知っていく――その決意を、もう固めていた。

「わかりました。あなたの誓いを受け入れ、あなたが真実を明かしてくれる日を待ちます」

「……申し訳ありません」

「いいえ。ですが、これだけは。……私を置いて死んだりしないでください、セドリック様」

彼の胸に添えられた左手を取ってぎゅっと握ると、セドリックは微笑んだ。

それは今にも泣きそうな子どものように儚くて、無邪気で、笑ってしまうほど人間くさい表情だった。

「……はい。私はあなたを置いて死んだりしないし、あなたを死なせたりしない。約束します」

いつもどこかうさんくさい笑顔と嘘っぽい台詞を吐いていた、セドリック。

でも今は、彼の言葉を信じたい。信じなければ、と心から思えた。


学院の卒業まで、あと一カ月になった。

『クロ愛』が日本産のゲームだからかこの世界は地球によく似た環境で、ローレン王国は日本と同じように四季があり、春が卒業と入学の季節だった。

「フィー、聞いて！　私、この前受けたドラゴン調教師の一次試験をパスできたの！」

「えっ、すごい！　おめでとう、モニーク！」

ある日の登校中にモニークに呼び止められて、とっても嬉しい報告を聞かせてもらえた。モニークがここしばらく、試験のために毎日帰宅後だけでなく休み時間も勉強しているのを知っていたから、我がことのように嬉しい。

「二次試験はまだ先だったかしら？」

「ええ、卒業後になるわ」

「そうなのね。それじゃあまずは、一次試験突破のお祝いをしないとね！」

「え、そんな……いいわよ！」

「遠慮しないで！」

だって、モニークが二次試験をパスしてドラゴン調教師になるまで、私が「フィー」でいられるという確証はない。だから、今できることはやってしまいたかった。

私が重ねてお願いをすると、やがてモニークは苦笑しながら折れてくれた。

「そこまで言ってくれるのなら、甘えちゃおうかな。でも、本当にちょっとしたものでいいからね」

「わかっているわよ。それじゃあ卒業までに、モニークに贈り物を準備しておくわ」

「ふふ……ありがとう。楽しみにしているわ」

モニークが笑顔で頷いてくれたので、言ってよかった、と思えた。


その日屋敷に帰ると、セドリックの姿はなかった。

「セドリック様はしばらくの間、王城で勤務なさるそうです」

そう教えてくれたのは、屋敷で働いている執事。セドリックにもモニークの試験突破について報告したかったから、会えないのは残念だ。

　どうやらその気持ちが顔に出ていたようで、執事がにっこり微笑んだ。

「デルフィーナ様が寂しそうになさっていたと聞かれたら、セドリック様はたいそう喜ばれるでしょう」

「えっ、そうでしょうか」

「そうですとも。……デルフィーナ様、どうか、セドリック様のことをお願いします」

　セドリックがいないなら離れに帰ろうかな、と思っていた私は、執事の言葉に含められた妙な違和感に気付いた。

　いつも穏やかに微笑みながら私たちのことを見守っていることの多い彼は、普段通りの笑顔に思えるけれど……それでも、なにか言いたそうな目をしているような気がした。

「なにか気がかりなことがあるのでしょうか？」

「いいえ。わたくしどもは、セドリック様がなにを抱えてらっしゃるのか、存じておりません。ですがデルフィーナ様ならもしかしたら……と勝手ながら希望を抱いているのです」

　それはつまり。『クロ愛』のリメイク版で明かされた……と思われるセドリックの掘り下げについては、彼に仕えている執事たちでさえ知り得ない情報だということなのかな。

「……私はただのよそ者です」

「シャーウッド侯爵家という括りからするとそうかもしれませんが、セドリック様が求婚なさっている御方でもあります。そして、セドリック様がわたくしどもでも知らない顔を、あなたにだけはお見せしているのも事実でしょう」

執事はゆったりと微笑むと、お辞儀をした。

「差し出がましいことを申しました。今のは老人の戯言だとお思いください」

「……いえ」

ひとまず相槌を打ってそのまままっすぐ離れに戻り、自室のソファにどんっと腰かけるけれど、さっきの執事の言葉はなかなか忘れられそうにない。

私は、セドリックの誓いを聞き入れると約束した。

彼が真実を明かす日まで待つと、誓った。

「……早く無事に帰ってきてよ」

今頃王城にいるだろうセドリックに呼びかけてから……よし、やるべきことをやろう、と頭を切り替えた。ここで悶々としていても、心が疲弊するだけだ。セドリックが帰ってくるまでの間、私にできることをしておこう。

いったん席を立って、ベルを使って使用人を呼んだ。そうしてやってきた若い男性使用人に、紅茶を淹れるよう頼む。

彼はすぐに、ふんわりと甘い香りの漂う紅茶を手に戻ってきた。

「どうぞ。体がリラックスできる茶葉を使った紅茶です」

「ありがとうございます。これを飲んで、いい案を考えます」

「おや、なにか考え事でもされるのですか？」

使用人が笑顔で問うてきたので、私は微笑みだけを返して紅茶入りのカップを手に、デスクに向かった。

今日は宿題がないから、モニークへのお祝いについてゆっくり考えられる。どんなものなら喜んでもらえるかな。ドラゴン好きだから、ドラゴンをモチーフにしたものにしようか？

「……おそろいとか、受け取ってくれるかな？」

おそろい。前世ではよく友だちとおそろいの文具や雑貨を買ったりしたけれど、デルフィーナに転生してからはそういうのとはまったく縁がない。

ただ、次期王妃である伯爵令嬢とおそろいのものを持たせてくれるような人がいなかったというだけで、友だち同士でおそろいのものを持つ、という文化はこの世界にも存在する。学院でも、仲のいい友だち同士で同じ筆記用具を持ったり、よく似たアクセサリーを身につけたりしている同級生がいたりして……実はむちゃくちゃ羨ましかった。

よし、それじゃあおそろいのドラゴングッズ、という方向で考えてみようかな。

甘い香りを放つ紅茶をぐいっと飲み、私はノートに案を書き出していった。


……体が痛重い。

私、いつの間にかデスクに突っ伏して寝ていたみたい。かったるくてまぶたは開かないけれど、今の自分が伏せた格好であることはわかるから、寝落ちしたんだなぁ、と推測できる。

ただし、頭の中がはっきりしているわりに、体がだるい。だるすぎる。私の体だけ異様に重力がかかっていて、指先ひとつ動かすのもすごくおっくうだ。

でもそれ以外の感覚は冴えているようで、部屋のドアが開く音が、はっきり聞こえた。

「……デルフィーナ様？」

……あれ。この声は——

「お眠りになっていますよね？」

これは確か、さっき紅茶を淹れてくれた使用人の声だ。見慣れないから、最近雇われた新人かと思ったのだけれど。

す、す、というカーペットに靴底が埋まる微かな音を立てて、誰かの足音がする。

す、す、という音が、だんだん近付いてくる。

やがて足音が聞こえなくなり、誰かの呼吸の音がして——

「……やあっ！」

私は気合いの声と共に全力を振り絞って立ち上がろうとしたけれど、だるい体はうまく言うことを聞いてくれなくて、座っていた椅子から無様に転げ落ちてしまう。ものすごく痛いけれど、おかげで体のだるさが少しだけましになった。

「チッ――！」

誰かの低い舌打ちの音がした。転げ落ちた痛みのおかげで、まぶたが開くようになった。

窓から差し込む星明かりによってほんのりと照らされた、暗い室内。椅子と一緒に床に倒れ込み尻餅をつく私を見下ろす黒装束の、男。その手に持っているのは――

「……にゃいふ……？」

舌が痺れていてうまく発音できなかったけれど、ぎらりと輝くそれは間違いなくナイフで、それも形状からして果物の皮を剥いたりステーキ肉を切ったりするようなものではない。

前世で読んだことのある資料に載っていた、刃の部分がカーブしたそれは――暗器と呼ばれる、暗殺用のもの。

「……麻酔薬が効きにくい体質だったのか」

「しぇどりっくしゃまは……？」

「……かわいそうなお嬢様だ。なにも知らず、あいつの甘言に溺れていたようだな」

黒光りするナイフをもてあそびながら男が呟いたため、逃げ道を探そうと辺りに視線を走らせていた私は、男を凝視してしまう。

……あいつの甘言に溺れる？

「どひゅこしょ？」

「なぜ貴様に教えねばならない？」

……どく、と心臓が脈打った。

この心臓がもうじき、脈打つこともできなくなるのかと思うと……体中から体温が抜け落ちていくかのように、震えてくる。

でも、落ち着け、落ち着け。まだ、逃げられる。

逃げ道は、作れる！

「あいちゅ、でやれ？　しぇどりっくしゃま？」

「そうだ。……だがそれを知って、どうする？」

「……わかんにゃい……わてゃし、わかんにゃい、こわひ……しぇどりっくしゃま、いない、こわひ……」

さっき一緒に倒れた椅子の脚にしがみついてそう訴えると、黒いナイフが一瞬だけ引っ込んだ。

「……恨むなら、不相応な振る舞いをした己を恨め。セドリックも、おまえの亡骸を見れば己の失態に気付くだろう」

「ふぇ……」

「あばよ、〝不穏の種〟」

黒いナイフがぎらつき、椅子にしがみつく私の喉めがけて、振り下ろされ――

「どりゃあああっ！」

「ぐっ⁉」

全力で椅子を振り回したことで、黒ずくめの男は振り下ろそうとしたナイフを引っ込めて背後に跳んだ。でもそのまま私が椅子を投げると、チッと舌打ちをして後ずさる。椅子は標的を大きく外れて壁に激突したけれど、派手な音が出たからこれで十分だ。

私がふらつきながらも立ってデスクに手をつくと、男から微かな怒気が上がった。

「……貴様。痺れて動けない演技をしていたか」

「引っかかってくれて、ありがとう。おかげで隙はできたわ」

まだ少し舌は痺れているけれど、体は十分動く。

男がナイフを手に再び迫ってきたので、今度はデスクの上にあったインク瓶を掴んで投げた。今度も男に命中せずその手前で落下したけれど、衝撃で瓶の蓋が開いて中身が飛び散ったため、男は忌ま忌ましそうに距離を取った。

「やっぱり、跡がつきやすいものは嫌うわよね」

「貴様……！」

これでなんとか逃げられると思いきや、男が懐に手を突っ込み、そこから出した別のナイフを投げてきた。……まだ、武器を持っていた。しかもあれはおそらく、投擲に向いたもの。

「きゃっ⁉」

「箱入り娘にしては善戦した方だろうが、残念だったな」

飛んできたナイフはなんとか避《よ》けたけれど、そのせいでよろめいてしまい床に倒れ込み、インクの池を回避してやってきた男に髪を掴み上げられた。

「くっ……離せっ！　誰か、誰か来て！」

「この離れの者なら、全員眠りこけている。今の騒ぎも、本邸の方までは届くまいよ」

そう低く囁かれ、椅子を投げることで音を立てて助けを求めたのも意味がなかったのだと、知った。

「うっ……」

「本邸から助けが来ようにもたどり着いた頃には、おまえはもう事切れて――」

そこで男は中途半端に言葉を切り、はっとした様子で窓の方を見やった。

……え、なに？　外に、なにかがいる？

――バリン！という すさまじい音と共に窓ガラスが粉々に砕け散り、耳をつんざくような轟音が鳴り響いた。

窓ガラスを砕いてぬっと顔を覗かせてきたのは、巨大な生物。ゾウくらいありそうな巨体は夜のためか漆黒に染まっていて、ぎらりと輝く双眸が男をにらみつけている。

その生物は身をかがめて、砕け散ったガラスの破片を踏みしめて室内に入ってくる。それを見て、男が「なんだこいつ……」と呆然とした声をあげている。でも、私にはわかった。

この声、この姿は、間違いない。

「……マリンモリン！」

学院で飼育しているはずの赤い鱗のドラゴンの名を呼ぶと、星明かりによって逆光になっているドラゴンが元気よく鳴いた。

やっぱり、そうだ。この子は、マリンモリン。今の私は「フィー」の格好とは全然違うけれど、私の声を聞いて反応してくれた！

「……手荒な入室、失礼する」

静かな声で言って、誰かがマリンモリンの背中から飛び降りる。頑丈なブーツでガラスの破片を踏みしめながらこちらにやってくる、その人は。

「……セドリック様」

「セドリック、貴様！」

さっと気色ばんだ男は、標的を私からセドリックに変えたようだ。

黒いナイフを構えた男を前にしてもセドリックは落ち着いていて、マリンモリンの横腹をそっと撫でてから私を見た。青色の目が見開かれた後で、ホッとするかのように緩められた。

そして彼は両手を持ち上げ、耳の横でまっすぐ立てる。

……私は、このサインの意味を知っている。

ドラゴン研究クラブで教えてもらった、小屋掃除の際に覚えておくべきこのサインの意味は――「これからドラゴンが吠えるから、耳を塞げ」。

私が両耳を手で塞いだ直後、マリンモリンが地の底から唸るような咆吼をあげた。これまで興奮した時にさえ聞いたことのない絶叫に砕けた窓ガラスがビリビリと唸り、足下に散らばるガラスの破片が舞い上がる。

「ぎゃっ⁉」

ドラゴンの咆吼に備えていなかった男が轟音にひるんだ隙に、駆け出してきたセドリックが私の腰を抱き寄せた。

ふわり、と漂うのは彼がいつも身につけている香水の匂い。その匂いに包まれていると心から安心できて、彼の腕にしがみついてしまう。

「セドリック様……」

私の呼びかけに、びくっとセドリックの体が震える。

絶体絶命の危機に、駆けつけてきてくれた。そうして冷静に敵を圧倒しているように見えたけれど、彼の体が微かに震えていることがわかった。

私は、無事。あなたが来てくれたから、安心できる。

「……申し訳ありません、デルフィーナ嬢。私は……あなたを傷つけることしかできない」

セドリックが震える声で謝罪するから、私は首を横に振る。

「……いいえ。こうして、来てくれたじゃないですか」

セドリックを励まそうとその背中に手を伸ばしたけれど、ずるりと足が滑ってしまった。頼もしい味方がひとり……と一頭も来てくれたことで、体の力が抜けてしまったのかもしれない。

「あっ……」

「私の後ろにいてください。マリンモリンがいるから、そのそばにいて」

「でも、セドリック様は……」

「………」

セドリックはなにも言わずに、とん、と私の肩を軽く押してから離れた。マリンモリンのところに行け、離れろ、という意味だ。

なにも言えずゆっくり後退した私の背中に、ひんやりとしたものが当たった。

「マリンモリン……」

顔を上げると、マリンモリンの赤い瞳が私を見下ろした。グルル、と低く鳴くのは安堵の鳴き声だって教えてくれたのは、セドリックだ。

「ありがとう、マリンモリン」

マリンモリンの柔らかいお腹の部分に身を寄せたところで、男がうめく声がした。

「くっ……セドリック、貴様、わかっているのか!?」

「それはこちらの台詞だ。デルフィーナは関係ないと、何度も言っただろう。それなのに再三彼女を狙ったおまえを、私は許してはおけない」

セドリックが明らかな怒気を孕《はら》んだ声で告げると、男は一瞬絶句した。だがすぐに彼は、たがが外れたかのように笑い出した。

「ははっ！　貴様さては、その女に本気で惚れ込んだな⁉　……おい、聞いているか、女！　この男は──」

「黙れ！」

セドリックが剣を喉元につきつける。でも男はそんな刃すら一笑に付し、マリンモリンの隣に立つ私に聞こえるように叫んだ。

「最初から、殺すつもりでおまえを口説いていたんだよ！」


──ゆらり、と視界が揺れる。

『ずっと、お慕い申し上げておりました。……私と結婚していただけませんか？』

卒業式のパーティー会場で、私を真摯な眼差しで見上げたセドリックが言っている。

『あなたに嫁ぎたいと心から思ってもらえるように、私も努力しますね』

どこかうさんくさいきらきらの笑顔で、セドリックが言っている。

『ええ、楽しいですね、デルフィーナ嬢』

マリンモリンに乗って一緒に空を飛びながら、セドリックが言っている。

『私には、あなただけ。……それを誓います』

華やかに着飾ったセドリックが、真剣な表情で言っている。

『私はあなたを置いて死んだりしないし、あなたを死なせたりしない。約束します』

今にも泣きそうな笑顔で、セドリックが言っている。

そんな、これまでに私に見せてくれたたくさんのセドリックの姿が、ぼやけていく。

……そう。そうだったのね。

セドリック。これが……あなたの〝真実〟なのね。

いきなり私に求婚してきたのも、私の我が儘をなんでも叶えたのも、私に惜しみない愛情表現をしたのも……すべては、私を殺すためだった。

そのことに気付くと、足下の床が崩れ落ちていくかのような感覚に襲われる。

これまでに彼が向けてくれた愛は、偽りだった。すべては私を殺すための嘘で……私は、そんな嘘に引っかかって、彼に好かれていると思った。

彼のことが、好きになってしまった。


「デルフィーナ嬢……」

はっ、と顔を上げる。こちらを振り返り見るセドリックの瞳が、揺れている。それは、私を欺いたことを後悔しているからなのか、ばれてしまったと単純に残念に思っているからなのか。

裏切られた。そう思うと苦しくて、悲しくて、セドリックのことが恨めしくさえ思ってしまう。

……でも、それでも。

「……セドリック・シャーウッド様」

セドリックの青い瞳が、再び揺れる。

大丈夫。私は、約束を違《たが》えたりしない。

「私は、あなたを信じます。あなたの、あなたからの言葉を待っています。……だからどうか、あなたのなすべきことをなさってください！」

「デルフィーナ嬢……」

「ニコラス殿下の護衛として、騎士として、侯爵家の方として……すべきことをなさってください！」

私が叫んだ直後、男が黒光りするナイフを振り上げ——

……キン、という鈍い音を立てて、ふたつの刃がかみ合う。持ち主の手を離れたのは、黒いナイフの方。セドリックは私の方を見たまま、背後に視線をやることなく振り上げた剣によってナイフの強襲を防いでいた。そしてまるでダンスでも踊っているかのように優雅に振り返り、得物を失った男の脳天に剣の柄による強烈な一撃を与える。

がっ、と吐息のような悲鳴のような声をあげて、男が頽《くずお》れた。セドリックは長い足で男の背中を踏みつけ、自分の胸元を飾っていた制服の飾り紐を力任せに引きちぎると、それで男の手と足を縛り上げる。

「……応急処置なので、すぐさま完全に捕縛せねばなりません」

セドリックの声で、私ははっとした。

敵は、倒された。でもまだ、油断はできない。

「……わ、私、本邸の方から皆を呼んできます！」

「いえ、あなたは休んでください。処理はすべて私がします」

なにか、私にできることをしないと。そう思って提案したけれど、男を踏みつけて拘束するセドリックは私の方を見ることなく、あっさり答えた。

「これもすべては、私のせいです。……もうお気付きでしょう？」

「でもっ」

「こんな私の言葉なんて、信用できないでしょう。ですが、これ以上あなたの手も心も患わせるつもりはないので、安全な場所に避難を――」

「……嫌です！」

私が大声をあげると、セドリックだけでなく窓辺でおとなしく待機していたマリンモリンも身を震わせた。

私はセドリックに歩み寄り、高身長な彼と視線を合わせるために、飾り紐を失った制服の肩部分を掴んで引き寄せた。私の間近で、青い目が瞬かれる。

「そうやって、なんでもかんでもひとりで背負おうとしないでください！　もちろん、あなたに聞きたいこととか確かめたいこととかは、たくさんありますけれど……今はひとりで格好つけている場合じゃないでしょう！」

「い、いえ。別に格好つけたいわけでは」

「そうですか。じゃあ私が動いても、問題ないですね。私、人を呼んできます！」

今はとにかく、できることをしたい。その気持ちばかりが焦ってセドリックに雑な態度を取っているとわかっているけれど、じっとしていられなかった。

黒ずくめの男を踏みつけたままのセドリックにぽかんと見られているのを感じつつ、私は彼に背を向ける。そんな私に、グルル、とマリンモリンが笑っているかのような鳴き声をかけたのだった。

あの後本邸の使用人たちがすぐに動いてくれて、怪しい男は捕縛された。そうして王城にある牢に収監されたのだけれど、後に尋問をしようという直前で死亡しているところを発見されたという。

死因は、服毒。縛られた状態でどうやって、と思ったけれど、奥歯のひとつを差し歯に替えていて、強く噛みしめると表面が割れて中に入っていた毒が出てくる仕組みになっていたそうだ。

そのせいで男の名前などはわからなかったけれど所持していた特徴的なナイフから、最近ローレン王国が警戒しているマドニス帝国のもので間違いないだろう、ということになった。ローレン王国とは長らく冷戦状態で、もし戦争になった場合にはセドリックが所属する竜騎士団も駆り出されるだろうと言われていた、あの国だ。

すぐさま王家が動き、部下であるセドリックの屋敷に侵入したということもあり、ニコラスが調査に乗り出すことになった。おそらくマドニス帝国は知らぬ存ぜぬを通すだろうけれど、セドリックは「これで、火種のひとつは潰せたはずだ」と浮かない顔で教えてくれた。

王城からの捜査が入ったり私も事情聴取を受けたりして、襲撃の翌日はとにかく忙しかった。その後私は睡眠薬を盛られていたということもあり、念のためしばらく休養することになった。その際、王城の客室をあてがわれた。私が暮らしていた離れは襲撃事件によりひどいことになってしまったし現在も調査中なので、立ち入り禁止。話を聞いたエミリが「是非お城で休んでいってください！」と必死になって言い、ニコラスも自分の目の届くところで休むことを勧めてくれたのだ。よって私は事件後三日間、静かで落ち着いた場所でゆっくり体を休ませてもらった。

ニコラスとエミリはとてもいい休養環境を調えてくれたけれど、静かな場所にいるとどうしても、セドリックのことを考えてしまった。使用人やエミリたちに聞いたところ、今は話せないとのことだった。

早く、セドリックに会いたい。無事な顔を見て、私も健康だということを伝えて……それから、きちんと話がしたい。


三日後、私はセドリックの屋敷に戻った。相変わらず離れは立ち入り禁止で、私の帰宅を喜んだ執事たちによって本邸のリビングに通された。

そこで私は数日ぶりに、セドリックと顔を合わせた。

「ただいま戻りました」

「デルフィーナ嬢……元気ですか？」

「はい、ご覧の通りです」

私が微笑んで言うと、セドリックは安心したように微笑む。でもここ数日で彼は少しやつれたようで、彼の方が心配になってくる。

「セドリック様こそ、お体は大丈夫ですか？」

「体は、大丈夫です。これから話す内容は、まったく大丈夫ではない重いものなのですが」

セドリックは、私にソファを勧めた。

そうしてまず、彼からあの襲撃事件についての話を聞かされることになったけれど、その内容は確かに重いものだった。

「まずは、あの襲撃犯が所属するマドニス帝国についてお話しします。帝国について、デルフィーナ嬢もある程度のことはご存じかと思います」

「ええ。本当に最低限のことのみですが」

「マドニス帝国は二十年近く前から、ローレン王国を警戒していました。といっても当時の皇帝は既に退位して、現在即位しているのは先代よりずっと穏やかな若い皇帝です。彼はひとまず、これ以上領土を取られまいという防御の姿勢でおります。ですが先代の時代に放たれた密偵の多くが今も、ローレン王国に散らばっているのです」

「……詳しいのですね」

私は、静かに言った。この後にセドリックがなにを言うのか、彼がどんな事情を背負っているのかの大体の予想をした上での発言だ。

セドリックは苦笑いして、自分の胸に手を当てた。

「それもそうです。……私は今から十年ほど前に帝国から送り込まれた、密偵のひとりなのですから」

「…………」

……そう。やっぱり、そうだったんだ。

『クロ愛』リメイク版で明かされたという、セドリックの秘密。それはきっと、これだったんだ。

「……驚かないのですね。予想はしていましたか？」

「なんだか怪しいな、とは前々から思っていました。あなたが帝国のスパイだという可能性に気付いたのは、先日襲われた時ですが」

正直に答えると、セドリックは微笑んだ。もう、自分を偽ることをやめたのだろうか。

諦念の表情を見せるセドリックに、私は問いかけた。

「あなたがいきなり私に求婚したのも最初から、私を殺すためだったのですか？」

「……はい」

予想はしていたけれど、いざ『はい』と答えられるとやっぱり辛い。私がこれまで信じていたものが壊されるかのような、底知れない恐怖と失望に襲われそうになる。

でも、聞かないと。私は、彼の真実を知らないといけない。

「どうして、私みたいな元貴族の娘を狙ったのですか？」

「……私はそもそも、エミリ様の命を狙っておりました。もっと根本的なことを言うと、ローレン王国を栄えさせ、祖国であるマドニス帝国にとって脅威になり得るだろう存在を潰すように、という命令を先代皇帝陛下より賜っていたのです」

セドリックが言うに。

彼はもともと孤児で、マドニス帝国の先代皇帝に拾われて集団の中で養育された。つまるところ、密偵養成機関みたいなものだ。

セドリックは頭脳と身体能力だけでなく容姿も優れていたため、ローレン王国の権力者の娘を懐柔し、殺すための——いわゆるハニートラップのような役割を与えられたそうだ。

彼は妻子を亡くして打ちひしがれるローレン王国騎士団長に近付き、彼の養子になって貴族界に出入りすることに成功した。そうしてまず目をつけたのは、エミリだった。『クロ愛』の主人公だけあり、エミリはめきめきと能力を伸ばして多くの人を惹きつけるという、天性の素質を持っていた。

この少女はいずれ、帝国にとって脅威になるかもしれない。そうセドリックが判断して彼女に近付こうと思った矢先、突如として存在感を示し始めた令嬢がいた。

「それが、あなたです」

「…………」

「ケンドール伯爵の娘であり、王太子ニコラスの婚約者でもある令嬢。最初は、なんてことないおもしろみのない女性だと思っていました。それなのに、なにやらニコラス殿下と一緒にこそこそと動き回っていたかと思ったら肉親である伯爵を容赦なく断罪し、自ら平民落ちして王妃の座から転がり落ちてでも、公正なる道を歩んだ。エミリ様よりむしろ、正しきもののためなら血も涙もない判断を下せる冷酷さ、それでいて多くの人間の支持を得ているあなたの方がよほど危険だ、と思ったのです」

「だからニコラス殿下と婚約解消してすぐ、私に求婚したと……？」

「はい。どうやらあなたは田舎暮らしを所望していたようですが、王都から逃げられたらそれこそ、なにをされるかわからない。それならばさっさと口説き落とし、搾れるだけ情報を搾り取ったところで殺した方がいい。そしてあなたにかける愛情が強ければ強いほど、あなたを始末した時に私を同情する声が集まり、私が主犯であると気付かれることなく任務を終えられる。……すべては、使命のためでした」

彼の言葉で、私が「そうかもしれない。でも、そうであってほしくない」と思っていたことがすべて的中していたと気付かされる。

あの愛の言葉も思いやりもすべては、目的のため。いずれ私を殺す、という帝国から授かった使命を果たすための、うつろなものだった。

……でも。

「あなたは私を殺さなかった。それどころか、あの襲撃者から守ってくれましたよね？」

「簡単に言いますと、私の読みが外れたからです。いざ手元に置いてみたけれど、あなたはよく笑いよく怒る、ごく普通の女性でした。鋭い感性を持っているのは間違いないけれど、我が国の脅威となるほどではなく……まあこの時点で、私は密偵として大失敗したということです」

なるほど。

私は卒業パーティーまでに父親を断罪して、ニコラスと婚約解消することを目指していた。『クロ愛』で得た知識を使ってわりと無双できたけれど、ブーストをかけられたのはそこまでだ。

婚約解消した後の私は、持っていた知識をすべて出し切った状態。そんな私を見たら、帝国に仇《あだ》なす脅威、なんて思えるはずもない。

「私は、『デルフィーナを殺害する必要はない』という報告を帝国に送りました。現皇帝陛下は保守的なので、私の報告を聞いてむしろ安心されたそうです。あの方は、ローレン王国にいるスパイを回収しようとなさっていますからね。……しかし、私の元仲間のひとりが執拗に責めてきたのです。『おまえはあの女に惚れたから、かばっているのではないか』とね」

「…………」

「私はあろうことか、暗殺対象であるあなたに心を奪われてしまいました。あなたを殺す必要がない、というのはもちろんですが――殺したくない、殺させたくない、という思いも強かった。だから」

セドリックはそこでいったん言葉を切って、自嘲の笑みを浮かべた。

「……なにを言っても、言い訳にしかなりませんね。結果として仲間を怒らせ、何度もあなたを殺すよう迫られた。それを拒むと、彼らはあなたの荷物に刃を仕込んだり、使用人に扮して睡眠薬を飲ませたりした」

「え？　あなたが怪我をした時のあれって、もしや……」

「はい、もとはあなたの荷物に入っていたのです。それを回収したのはいいのですが、うっかり手を切ったところを見られてしまい、とっさに嘘をついたのです。狙われたのはあなたではないから大丈夫、と伝えたかったのですが、逆に心配させたり説教されたりしましたね」

ていた。

「そんな……」

セドリックが鞄の中に入っていた凶器で手を切ったと聞いて、私は彼が誰かに狙われているのだと思っていた。でも実際に狙われていたのは私の方で、彼は私を心配させまいと嘘をついていた。

……すべて、私のために。

「ああ、そうだ。マリンモリンですが、彼女は私があなたの名を呼びながら走っているところに駆けつけてくれました。どうやら私の必死な声を聞いていてもたってもいられなくて、学院の竜舎の天井をぶち壊して飛んできてくれたようです。学院長先生には叱られるし、部長は話を聞いて倒れましたよ、あはは」

わざとなのかセドリックは明るく笑うけれど、今はいろいろ考えることとか突っ込みたいことが多すぎて、ちょっと笑うことはできそうにない。

「……あなたは、これからどうするのですか？」

私が問うと、セドリックは嘘っぽい笑いを収めて真剣な顔になった。

「そうですね……犯人が服毒自殺したので、それ以上跡をたどることができなくなりました。皇帝陛下も、言うことを聞かずに勝手な行動をした密偵について触れることを嫌がられるでしょう。おそらく今回の件については、マドニス帝国側が賠償金を払って終了、となるかと」

「セドリック様は、罰を受けたりしないのですか？　だってあなたは、帝国の――」

「……実は私の素性を、あなたに先立ってニコラス殿下と父に伝えました」

思わず、息を呑んでしまう。私が休んでいる間、セドリックがニコラスたちと話をしているようだということはエミリから聞いていたけれど、そこまで話を進めていたようだ。

「父には、殴られました。殴られたといっても顔ではなくて腹だったのですが、おかげで半日ほど気絶しました。ですが結果として国王陛下とニコラス殿下は、すべてを『なかったことにする』とご判断なさいました」

「なかったことに？」

「私は帝国の密偵ではなくて、もともとローレン王国の人間。私は今回、デルフィーナ嬢が帝国にとっての脅威となる、と勝手な判断をして襲撃してきた密偵から恋い慕う女性を守ったという、騎士として、男として、大変ありがたい形で事件を収束させることになりました」

確かにそれは、男性として非常に名誉なことだろう。そして、セドリックの罪を不問にするという面でも有効だと、わかっている。

でもそれをセドリックがまるで他人事のように言っているのが、気になった。

「……あなたは、それでいいのですか？」

私の問いに、セドリックはわずかに顔をしかめて「まさか」と言った。

「ともすればローレン王国にとっての反逆者になり得た私に対する罰としては、不十分も甚だしいです。ですが殿下が……」

ニコラスはすべてを聞いた後で、言ったそうだ。

『君は確かにマドニス帝国出身で、かの国の密偵かもしれない。だが君は最終的にデルフィーナを守ってくれた。君の本心はそちらであるのだと、私は信じたい』と。

ニコラスも、現在冷戦状態のままなんとか保っているマドニス帝国との均衡を、崩したくはない。それはきっと、保守派の皇帝も同じ気持ちだろう。

だからここは両者にとって都合のよい形で話をまとめるためにも、セドリックの罪を不問とした方がよいということになったそうだ。

「話の後で、父にはもう一発殴られました。私としては勘当も覚悟の上だったのですが父は、『ここで王国に忠誠を誓い、己のやるべきことを貫き通してみせろ』と言いました」

「やるべきこと、とは？」

「騎士として、ひとりの男として……あなたをお守りし、一生愛することです」

そこまではどこか昏い光のちらついていた青色の目に生気が宿り、セドリックは私をまっすぐに見た。

「私に生きる喜び、日々の楽しさ、なにげない日常にある発見の大切さに気付かせてくれたのは、あなたです。最初は偽りの愛だったのに、あなたとふれあう時間が増えれば増えるほど、本気であなたを愛するようになり……そんなあなたを裏切る己の汚さに、反吐が出そうになっていました」

吐露されたその言葉に、私ははっと気付いた。

もしかして、セドリックの様子がおかしくなっているように感じたり、最初の頃より表情が豊かになっていったりしたのは……そういう理由があったからなのではないか。

マリンモリンの背に乗って飛ぶ時間、一緒にダンスをする時間は、密偵としてではなくセドリックというひとりの人間として、本当に楽しいと思ってくれていた。その時に見せてくれた顔は、嘘偽りのない彼の素顔だったのだろう。

私が黙っているからか、セドリックは徐々に表情を崩して寂しそうに微笑んだ。

「敵国の密偵が、一度裏切った者がなにを言うか、と思われても仕方ありません。私の顔なんか見たくない、と言うのならば一生あなたの前に姿を現しません。私のことを殺したいとお思いならば……そうですね。あなたの命令で死ねるのなら、本望です」

「馬鹿なことを言わないでください！」

思わずソファから立ち上がって、とんでもない発言をしたセドリックをきっとにらんでやる。

密偵だったとか、私を殺す気だったとか……そういう事情があるのは、わかる。わかりたくはないけれど、理解はした。

……でも！

「あなた、私との約束を破るつもりですか？　あなたは約束しましたよね。私を殺させないし、私を置いてひとりで死んだりしないって」

「もし破ることになったとしても、あなたに咎《とが》はありません。だから心置きなく――わっ⁉」

セドリックが悲鳴をあげる。なぜなら、つかつかと歩み寄った私が彼のジャケットの胸ぐらを思いっ切り掴み上げたからだった。

「そういうことを言いたいんじゃないです！　というか、なんで私を約束破り女にするつもりなんですか⁉　私は約束を破らないし、もし私を欺いていたことを後悔しているのならむしろ、約束くらいちゃんと守ってくださいよ！」

ひと息に捲し立てた私の勢いに呑まれたのか、セドリックは黙っている。丸く見開かれた彼の双眸に私の顔が映り込んでいるのを見ると、じわじわと目尻が熱くなってくる。

「わ、私だって……あなたのことを、わりと、その……好きになってしまったんですから！　好きな人に死んでほしくないし、好きな人を殺したくない。そんなの、当たり前じゃないですか！」

以前は二回目のダンスに誘うことでそれとなく伝えるだけだった、セドリックへの好意。その後も、言っていいのかな、どうなのかな、と迷ったり、セドリックの違和感のある行動に不安になったりして、なかなかきちんと言葉にすることができなかった。

でも、言ってしまった。セドリックが私から離れていくかのような発言をするから、自分の命を軽んじるような発言をするから。そんなの聞きたくないから……好きだ、と言ってしまった。

ロマンチックさもかわいらしさの欠片もない、やけっぱちの告白。それでも、もう抑えられなかった。

セドリックは告白を聞いて、「え?」と青色の目を瞬かせた。

「……私のことを、好いてくださっているのですか? お世辞などではなく?」

「この期に及んでそんなまどろっこしいことをするわけないでしょう! 私は……今だから言えますけれど本当は、あなたにフってもらおうと思っていたのです。ニコラス殿下との婚約解消後は、田舎でゆっくり暮らしたかったから。あなたは確かに顔がよくてプロポーズもスマートだったけれど、だからといって結婚するなんておかしいから、あなたの方から諦めてもらうつもりだったのです」

私の言葉を聞いたセドリックは、目を伏せて苦笑した。

「……そうだったのですね。いえ、そんな感じはしておりましたが」

「でもっ! 私だって、あなたと一緒に過ごす時間が楽しくて、嬉しくて、幸せで……好きに、なっちゃったんです」

もっとはっきりちゃんと言わないといけないとわかっているのに声は裏返るし、セドリックの服を掴む手も震えてしまう。

「私を愛するというのが殿下との約束なら、死ぬことを提案したりしないでください! 生きて、私と一緒に過ごして……ローレン王国に所属する人間なのだという証しを立ててください！」

　セドリックはもう十分、苦しんだはずだ。それに彼はただ苦しむだけでなく、密偵から私を守るために奮闘してくれた。自分の経緯をニコラスや騎士団長にも告白して、罰も受けたというのだから……もうこれ以上、自分を追い詰めないでほしい。

「一緒に生きましょう、セドリック様。あなたを殺すなんて、私にはできません。むしろ、その、どちらかというと私の方が警戒されているみたいですし……私がうっかり誰かの手にかかって殺されたりしないように、一番近くで私のことを守ってください」

「デルフィーナ嬢……」

「セドリック様。すべてを踏まえた上で、それでもこんな私でよければ、もう一度プロポーズしてくださいませんか」

　セドリックの襟元を掴んでいた手を離してそう言うと、衣服を整えていたセドリックは静かに微笑んだ。

　それは、密偵として私の命を狙っている時に見せていたあのうさんくさい、真意の読めない笑顔ではない。セドリックという、このローレン王国に生きる人として見せてくれる、裏表のない微笑だった。

「女性に胸ぐらを掴まれるなんて、人生で初めてです。いえ、これから先の人生でも、私を掴み上げる女性なんてあなたひとりだけでしょうね」

「あ、いえ。その、無礼を――」

「気にしないでください。……あなたが全力でぶつかってくれたから、私は目を覚ますことができました。そして、こうして涙を流しながら全力の愛を伝えてくれるあなたに、私は何度目かわからない恋に落ちてしまいました」

そう言ってセドリックは立ち上がり、右手の親指の腹でそっと私の目元を拭った。少し前から目尻が熱いとは思っていたけれど、彼の言葉で初めて私は、自分が涙を流していることに気付いた。

悲しいわけではないし、嬉しいというわけでもない。ただただ、自分の思いを伝えたいという情熱だけが私を燃やしていて、そんな時にも人間は涙を流すのだと初めて気付かされた。

……あなたが、私に教えてくれた。

「デルフィーナ嬢。私はあなたを守ると誓います。私はあなたと共に人生を歩み、苦楽を共にしていきたい。……どうか、私と結婚してくれませんか」

その言葉は、私とこれまで一緒に暮らしていろいろな経験をしてきたセドリックだからこそ言える台詞。

もちろん、私の返事は。

「……はい。喜んで、セドリック様」

『クロ愛』の攻略対象だとか、私は悪役令嬢だとか、そういうのでセドリックとの距離を取るのは、もうやめた。

私はデルフィーナというひとりの女として、セドリックというひとりの男を見つめていきたい。

終章　この世界であなたと共に

青空にほんのりと薄雲のかかった、春霞の美しい日。

今日アナスタシア学院では、卒業式が執り行われていた。卒業生はめいめい礼服を着て、胸元には卒業生の証しであるコサージュをつけている。

一年ぶりとなる、学院の卒業式。この行事に関わるのは二度目だけれど「デルフィーナ」の時は卒業式間近で退学したから、式に参加するのはこれが初めてだ。

「卒業おめでとう、フィー――いや、デルフィーナ」

大ホールを出たところで、私はブーケを手にしたセドリックに呼び止められた。彼は研究生の立場だから、卒業するわけではない。でも彼もここで学院での活動に区切りをつけるようで、卒業生のそれよりも小さめだけれど同じ色のコサージュを胸元に飾っている。

私たちを見て、周りの生徒たちがざわめく。でもギャラリーには気にせず、私はセドリックが差し出した小さなブーケを笑顔で受け取った。

「ありがとうございます、セドリック様」

「式での〝種明かし〟は、どうでしたか？　モニークや部長は、さぞ驚いたことでしょうね」

「はい。モニークはともかく、部長は薄々怪しいと思っていたようですが、驚かれましたね」

そう。私は卒業証書を受け取る際、種明かし――つまり身バレを行った。

やり方は、簡単。学院長先生から卒業証書を受け取る際に、「フィー・ジョーンズ」ではなくて、「デルフィーナ・ケンドール」と呼んでもらったのだ。

事前に学院にも身バレをした上で、デルフィーナの名で証書をもらう。これはセドリックやニコラス、エミリとも相談した上で決めたことだった。

どちらの名前で卒業するか。そしてモニークたちにずっと素性を伏せたままにするのかどうか、卒業ぎりぎりまで悩んだ。でも、『これからも彼女らと仲良くしたいのならば、隠し事はしない方がいいかもしれない』というセドリックの助言もあり、思い切って素性を明かすことにした。

案の定、講堂はざわついた。まさかあの地味なフィー・ジョーンズの正体が、元伯爵令嬢デルフィーナだったなんて……といった感じだ。

式の後でモニークと会った時、彼女は少しだけ目線を彷徨わせていた。モニークは平民だから、元とはいえ伯爵令嬢を前にしてどんな反応をすればいいのか、わからなかったのだろう。

だから私の方から、『私のことはこれからも、フィーと呼んでほしい』とお願いをした。デルフィーナの愛称が、フィー。おかしなことではないはずだ。

そうするとモニークは笑顔を見せて、『もちろんよ、フィー』と言ってくれた。彼女とはこれから別々の道を歩むことになるけれど、私が前にあげたドラゴンをモチーフにしたぬいぐるみを鞄の中に入れて、ドラゴン調教師の二次試験を受けに行く。結果がわかったら絶対に知らせる、と約束をした。

「……あっ、そうだ。おめでたいことだから、セドリック様にもお教えしないと」

「なにかよいことがあったのですか？」

「ええ。モニークや部員たちと話をした後で、部長がモニークに声をかけたのです」

それを見た瞬間、私はぴんときた。他の部員も同じくぴんときたようで、きょとんとするモニークの背中を押して部長と一緒に離れた場所に行かせた。

そうして息を潜めて待つこと、しばらく。私たちのところに戻ってきたふたりは手を繋いでいて、『お付き合いすることになった』と教えてくれたのだった。

それを聞いてセドリックは、へえ、と嬉しそうに笑った。

「卒業式で告白するとは聞いていたけれど、うまくいったのならよかったです」

「あ、ご存じだったのですね」

「実は何度か、彼から相談を受けておりましてね。ホロウェイさんはかなり手強そうだと思ったのですが、受け入れてもらえたなら私も嬉しいです」

「モニークの方はまったくそんなことは考えていなかったけれど、部長とお話をするのは楽しいから、告白を受け入れたそうなのです」

ふたりともドラゴン関係の仕事を目指しているから、気が合って当然だ。他の部員と一緒に祝福すると、モニークは嬉しそうにはにかんでいた。卒業後も連絡を取り合って、恋の話をしよう、と約束して彼女らとは別れた。

他の同級生とも話していると、いつぞや私に突っかかってきた貴族女子科の子たちが真っ青な顔でやってきたので、いやいや私も皆を騙していたのだから……と話をして和解したこともセドリックに教えると、彼は楽しそうに目尻を緩ませた。

「あなたがよい形で卒業できたようで、なによりです。……ああ、そうだ。先ほど王城から使者が来まして。デルフィーナの卒業祝いをしたいから是非城に来てくれ、と殿下とエミリ様がおっしゃっているそうです」

「まあ、そうなのですね。それは是非とも、お伺いしなければ」

マドニス帝国関連のゴタゴタがあったけれど、セドリックは今もシャーウッド侯爵の甥であり、騎士団長の息子であり、ニコラスの護衛騎士として生活している。

ここからニコラスたちローレン王家に忠誠を捧げること、ニコラスとエミリの友人である私を愛し守ること、ローレン王国を誇る騎士として恥のない振る舞いをすること――などを、改めて誓ったそうだ。

エミリは、『デルフィーナ様を泣かせたら、許しませんよ！』とぷんすかしながらセドリックを叱ったそうだ。セドリックは、『ニコラス殿下よりよほど、エミリ様の叱責の方が怖かったです』と苦笑していたっけ。

セドリックから受け取ったブーケはいったん使用人に渡して、彼と一緒に校内を歩く。前世は大学の卒業式の後に、友だちと一緒に大学のあちこちで写真を撮ったりした。この世界にはまだ写真の技術はないけれど、いつか発達したら皆が気軽に風景を撮ったりして、いずれ自撮りとかの文化も出てくるようになるかもしれない、なんて考える。

……もう戻ることのできない、日本で暮らしていた頃の世界。でも今の私はデルフィーナとして、この世界に根ざしている。

『クロ愛』のリメイク版で語られただろうセドリックの真実を共有して、彼と一緒に生きることを選択して——

「そういえば。私たちは婚約したので、いずれ結婚することになりますね」

庭師が美しく整えてくれた庭園を歩いている時にセドリックが藪から棒に言ったので、どきっとしてしまった。

まあ確かに彼の求婚を受けて婚約者になったのだから、いずれ……うん、そうだよね。

「そう、ですね」

「私たちの結婚は、早くとも一年後でしょう。それまでに、やりたいことはありませんか？」

「えっ」

思わず足を止めてセドリックを見上げると、春風に金色の髪を遊ばせていた彼は私を見て穏やかに微笑んだ。

「結婚したら、あなたはデルフィーナ・シャーウッドに……遠縁とはいえ、侯爵家の者になります。しかし、私はあなたを家に縛りつけておくつもりはありません。騎士の妻となったとしても、あなたにはやりたいことをさせてあげたいと思っています」

「……なんだか、最初に求婚された時のことを思い出します」

「はは、確かに。でも今の私は、愛する人の幸せな顔を見たい、喜ぶかわいい顔を見たい、好きなことをして輝く姿を見たいから、こう申し出ているのです」

「うっ」

さ、さすが正統派王子様系男子！　その姿は、きらきらのエフェクトを背負っているかのように眩しい。イケメンなだけでなく甲斐性と思いやりの心もあるなんて、最高だ。

「そうですね。実は私、卒業後にモニークや部長がドラゴン関連の仕事をすると聞いていて……ちょっと羨ましいなぁ、と思っていたのです」

「調教師や研究者になりたいのですか？」

「うーん、そこまではっきりしていません。でも、せっかくこの一年でドラゴンたちとふれあえたのだから、ここで学んだことをこれっきりにしたくないのです」

最初は小型ドラゴンのビルルブルルにさえくしゃみされるくらい、ドラゴンからの好感度が低かった私。でもセドリックたちが丁寧に指導をしてくれたおかげで、今ではマリンモリンに乗ることもでき――密偵に襲われた時に私のそばに寄り添ってくれるくらい、心を通わせられるようになった。

「私、空を飛ぶ楽しさを知ってしまったのです。だからドラゴンに乗ってなにかをする仕事、みたいなのがあればやってみたいのですが……あはは。抽象的すぎますね」

「いや、素敵なことだと思いますよ。実はうちの竜騎士団でも、戦闘を目的としない輸送部隊に所属するドラゴンもおります。そこには女性もいるので、騎竜の腕前を上げればそういう仕事をするのも、夢ではありません。当主の妻ならばともかく、騎士の妻となるあなたならどんな仕事をしても問題ありません」

「輸送部隊の、ドラゴン……」

　ということは。もし私がひとりでドラゴンに乗れるようになったら、セドリックのいる部隊で一緒に行動したりもできるのかも？　それなら結婚してからも、夫と同じ職場で働くこともできたり……？

「……うん、すごく素敵です！　セドリック様、私、そういった仕事について考えたいです！」

「素晴らしいことです。私も愛するあなたのために尽力します。一緒に、これからのことを考えていきましょうね」

「はい！　ありがとうございます！」

　ドラゴンの乗り手……ああ、すごく素敵！

　それにもしセドリックと同じ仕事に就けたら、ニコラスやエミリたちとも近い場所にいられれる。輸送部隊だって立派な戦力だから元伯爵令嬢として十分な立場だし、いずれセドリックと結婚して騎士の妻になってからも恥ずかしくない、充実した日々を送れそうだ。

いろいろ妄想の世界に羽ばたく私を最初は微笑ましげに見ていたセドリックだけど、次第に目が柔和に細められ、彼の右手が私の頬に、左手が腰に回される。

「セド――」

「目をつむってください」

どこか掠れた色気のある声で囁かれて――ぼわっ！と頬が熱くなった。

このシチュエーションは、もしかして、もしかしなくても……ファーストキス？

私たちは改めて結婚の約束をしたしこれまでも一緒に暮らしてきたけれど、キスはしたことがなかった。そういう雰囲気にならなかったから、というのが一番の理由だ。

せっかく両思いになって彼に「デルフィーナ」と呼んでもらえるようになったのだから、もっといろいろなことをしたい。キスもしたい、と思っていた。でもセドリックの方からそういうことを言い出す様子がないし、私の方からお願いをする勇気も出なくて、キス未体験のままだった。

でもまさか、卒業式の日にキスを求められるなんて。私たち以外の人の姿のない美しい庭園で、こんな風に迫ってもらえるなんて……予想外だけれど、嫌ではない。嫌ではないどころか、すごく嬉しい。

「……はい」

「いい子」

ふ、と笑った吐息が耳朶をくすぐる。思わずぞわっとしてしまったのは、びっくりしたからというだけではなくて……。

いたずらな風がセドリックの髪をくしけずり、私の頬をくすぐる。

温かな吐息が近付いてきて――そっと、唇が重ねられた。

ファーストキスはなんの味？なんて前世では言われていたけれど感想は、「味はしない」だ。でもセドリックの唇はやけに柔らかくて、熱くて、どきどきしてきて、幸せな気持ちになれて。

「……かわいい」

「んっ……セドリック様……」

とろけるような甘い声で囁かれたのでぼんやりしつつ目を開けると、これまでにないほど近くにセドリックの顔があった。いつもどこか余裕のある雰囲気を漂わせている彼が、今は頬を赤くして、困ったように笑っている。

「……ダメだな。あなたのこんなにかわいい顔を見て、我慢ができなくなりそうだ。デルフィーナ、どうかその顔を私以外の男には見せないでくださいね」

「……私をこんなにするのはセドリック様だけですよ」

浮気を疑われているかのようで思わずむっとして言い返すと、セドリックは笑みを深くして私の唇の端を指でつついた。

「なるほど。それなら、嫉妬深い私も安心できます。……はぁ、本当に。私は自分のことをおおらかで余裕のある人間だと思っていたのに、あなたのことになるととことん狭量になってしまいます」

「そうなのですか？」

「狭量で嫉妬深くて独占欲の強い私は、嫌ですか？」

「いえ、そんなことありませんよ。……好きな人にはとことん、私のことを好きでいてほしいですからね」

私の言葉に安心したようにセドリックは微笑むと、私の手を取った。

「まだあなたの唇を求めたくて仕方がないのですが、ひとまずここまでにしましょうか」

「続きは帰ってから、というやつですか？」

「ええ、よくご存じで」

含み笑いをしたセドリックが色っぽい流し目を送ってくるものだから、私はさっと目線をそらした。

今はまだ学院、外なのだから、彼のお色気に流されるわけにはいかない。

それにこれから、私たちにはたくさんの時間があるのだから。

「あ、そうだ。せっかくだから最後に、マリンモリンたちに挨拶していきませんか？」

「それはいいですね。彼女らもきっと、あなたに会いたがっていることでしょう」

「そうだと嬉しいです。……あっ」

ふたりで竜舎のある方に足を向け、その入り口付近にいる人たちの姿を見て、思わず私たちは足を止めた。

「モニークに、部長に……クラブの皆」

「どうやら皆も、考えていることは同じだったようですね。さあ、行きましょう、デルフィーナ」

「……はい！」

セドリックの手を握ると、彼もぎゅっと握り返してくれた。そうして足並みをそろえて、ドラゴン研究クラブの皆が手を振っている方に向かう。

ここから先は『クロ愛』リメイク版でも語られることのなかった、未知の世界。

その知らない世界を、私はセドリックと一緒に、自分のやりたいことを思う存分楽しみながら、歩いていく。


―終―

あとがき

『役目を終えた悪役令嬢なのに、溺愛ルートに入るなんて聞いてません！』をお読みくださり、ありがとうございます。作者の瀬尾優梨です。

ご存じの方もいらっしゃるかもしれませんが、私はかなりのゲーム好きです。初めてのゲームは、黄色い電気ネズミがパッケージを飾るあれでした。夜に布団の中でこっそり遊んでいたために親に叱られ、没収されたこともあります。没収先は、冷蔵庫の上でした。

そして攻略本を読むのも好きで、私にとってはゲームの攻略本が国語の教科書のようなものでした。おかげで小学生の頃から、「槍」とか「鎧」とか「洞窟」といった漢字を書けました。日常生活では使えませんね！

もうお気づきのように私はどちらかというとRPGをよく遊んできましたが、恋愛要素のあるゲームも大好きです。特にスマホゲームをよくやっていました。攻略可能キャラはとりあえず全員、好感度を上げるタイプです。現実世界でこれをやったら顰蹙《ひんしゅく》を買いそうですね。

今回書き下ろしのお話を書くこととなり、「悪役令嬢が出てくる恋愛ゲームを舞台にしよう」と決めました。とはいえ悪役令嬢を主人公にして皆に嫌われるのは悲しいので、性別問わずたくさんの友だちができる子を主人公にしました。おかげでわちゃわちゃと楽しいお話になったかな、と思います。

そして今回挑戦したのが、学園モノ。いろいろなお話を書いてきた私ですが、学園（本作品では、学院）を舞台にして生徒を主人公にしたお話はこれが初めてだったりします。自分の高校生活を思い出しながら書きました。

また、ヒーローのセドリックも私にしてはちょっと珍しいタイプです。イケメンで笑顔が素敵だけれど、どこかその笑みが作り物っぽいというかうさんくさい美青年です。彼には大きな秘密がありますが、それがどんなものなのかは是非とも本編をご覧になって確認してみてください。

それでは、ここからは謝辞を。

イラスト担当の、憂《ゆう》様。素敵なイラストを描かれているのを拝見して、一度は憂様にイラストを描いていただきたい、と思っておりましたので、今回ご担当いただけてとても嬉しいです。表紙の透明感のある美麗なイラストに、息を呑みました。ありがとうございました。

そして、お世話になった担当様おふたり。気を抜いたらすぐに手癖で主人公を暴走させてしまう私に細かなアドバイスをくださったおかげで、デルフィーナが活発でかつ気品も漂う淑女になりました。新レーベルでの刊行にお声がけくださり、ありがとうございました。

そして読者の皆様はもちろんのこと、このお話に携わってくださった全ての方に、お礼申し上げます。

破滅エンドしかない悪役令嬢に生まれ変わっても、自分が望む未来のために努力してきたデルフィーナ。そんな彼女の「やりたいこと」を最初から最後まで尊重し続けた、セドリック。

彼らの物語が皆さんの心の片隅に残れば、幸いです。

それでは、またどこかで。

瀬尾優梨《せおゆうり》

役目を終えた悪役令嬢なのに、
溺愛ルートに入るなんて聞いてません！

2023年8月5日　初版第1刷発行

著　者　瀬尾優梨

発行人　菊地修一

発行所　スターツ出版株式会社

〒104-0031　東京都中央区京橋1-3-1　八重洲口大栄ビル7F
☎出版マーケティンググループ　03-6202-0386
（ご注文等に関するお問い合わせ）

https://starts-pub.jp/

印刷所　大日本印刷株式会社

ISBN　978-4-8137-9258-1　C0093　Printed in Japan

［瀬尾優梨先生へのファンレター宛先］
〒104-0031　東京都中央区京橋1-3-1　八重洲口大栄ビル7F
スターツ出版（株）　書籍編集部気付　瀬尾優梨先生

BF Sweet
ベリーズファンタジースイート

ベリーズファンタジースイート人気シリーズ

2巻 12月5日発売予定

定価:1430円（本体1300円+税10%） ISBN 978-4-8137-9226-0